tout ce qu'il voudra

naufragée

4e PARTIE

9

SARA FAWKES

tout ce qu'il voudra

naufragée

4e PARTIE

9

traduit de l'anglais (États-Unis) par Maxime Eck

Red Velvet

1

Le réveil fut douloureux.

Je restai plongée un très long moment dans une stupeur cotonneuse, incapable de saisir la réalité, avant de recouvrer enfin mes esprits. J'avais mal partout, comme si une équipe de joueurs de rugby m'avait plaquée au sol, encore et encore. Allongée par terre, je dressai l'inventaire de la multitude de mes petites douleurs avant d'oser bouger ne serait-ce que de quelques centimètres.

Lorsque ma jambe ne réagit pas, je compris que c'était grave. Un objet lourd pesait dessus dont, mais dans l'obscurité, j'étais incapable de distinguer ce que c'était. Le mélange de poussière et de fumée dans l'air ambiant me fit tousser. Mon cerveau donnait l'impression de ne pas pouvoir envisager la situation au-delà de son inconfort. Le moindre effort pour le pousser à s'activer déclenchait des élancements dans mon crâne.

Immobilisée, je fermai les yeux et me concentrai sur ma respiration. Malgré la sensation d'oppression, comme si mes poumons étaient chargés d'un trop-plein de particules, respirer était tout ce que pouvais faire pour l'instant. Lorsque des quintes de toux me secouaient, la douleur irradiait tout mon corps, particulièrement au niveau de ma jambe coincée.

Jeremiah. Un souvenir flottait à la surface de ma mémoire, lointain. Je discernais le visage familier d'un homme aux prunelles vertes, mais tenter d'y songer plus avant aiguisait ma souffrance. Je serrai encore plus fort les paupières, des larmes roulaient sur mes joues, séchant presque instantanément dans la couche de poussière qui recouvrait ma peau.

D'une main, je parvins toutefois à tâtonner alentour. Mes doigts heurtèrent une forme qui s'agita. Un grognement résonna dans l'espace clos, signe que quelqu'un reprenait conscience.

— Ça va? demandai-je.

Je n'avais plus de voix, et ce fut une sorte de croassement qui sortit de ma bouche. La réponse tarda à venir.

— Lucy?

La voix me remit en mémoire son insouciant et désinvolte propriétaire.

— Lucas? Que s'est-il passé?

— Sais pas. Attendez.

Je l'entendis bouger et gémir. Puis la lumière d'un écran de téléphone portable jaillit, braquée sur moi, et je dus plisser cligner les paupières. Une main en visière, j'inspectai les alentours. De grosses poutres en bois soutenaient des débris à moins de trente centimètres de ma tête.

— J'aurais préféré ne pas savoir ce qui m'écrasait, murmurai-je avec abattement.

— Sans blague.

Le silence ambiant avait dû aiguiser mon ouïe, car il me sembla percevoir des voix en dépit de la douleur lancinante qui martelait mon crâne. Lucas aussi, j'imagine, car il ajouta :

— Les secours arrivent.

— Si fatiguée, soufflai-je.

Je refermai les yeux, envahie par une irrépressible léthargie.

— Hé ! Ne vous endormez pas maintenant ! Attendez qu'on nous sorte de là. Si ça se trouve, vous avez une commotion cérébrale.

Les avertissements de Lucas résonnaient sèchement dans l'espace exiguë où nous nous trouvions. Malgré mes efforts pour résister au sommeil, la torpeur gagnait progressivement du terrain, alourdissant mon corps. Je tendis le bras.

— Lucas ?

Je crus sentir un contact et entendre des mots chuchotés à mon oreille avant de sombrer.

Quand je me réveillai, des lumières trop vives pointaient directement sur mes yeux, les transperçant comme des clous qu'on aurait plantés dans ma rétine. Je les chassai d'un faible revers de la main, et elles s'écartèrent. On discutait autour de moi. Peu à peu, je réussis à me concentrer sur le monde environnant, et les paroles prononcées commencèrent à prendre un sens.

— Je vous répète que nous ne pouvons pas retourner dans vos bureaux.

— C'est notre seule solution dans l'immédiat. Nous ne sommes pas équipés pour faire face à pareille situation.

J'identifiai l'accent de Marie, devinai qu'elle était soumise à une très forte pression.

— Sauf que c'est exactement ce qu'il attend de nous, vous ne comprenez donc pas? Si nous agissons ainsi, nous tomberons droit dans un autre piège.

— Je croyais pourtant que c'était ce que vous vouliez faire, au départ.

La conversation s'interrompit. Jeremiah s'approcha aussitôt de moi. S'agenouillant, il prit ma main dans la sienne.

— Comment allez-vous? s'enquit-il avec tendresse, ses doigts caressant le dos de ma main.

Je voulus hausser les épaules.

— Ouille!

Bon sang, qu'est-ce que j'avais mal! Même respirer était douloureux. Mon geste eut cependant le don de tranquilliser un peu Jeremiah. Je tentai de déplacer ma jambe. Une nouvelle vague de douleur me submergea, et je m'empressai de rester tranquille.

— Ma cheville, soufflai-je.

— Vous avez été coincée sous la solive principale du toit. Il nous a fallu un bon moment pour libérer votre jambe.

— Et Lucas? Il va bien?

— Lucas au rapport et en un seul morceau! lança l'intéressé. Enfin, presque.

Tournant la tête, je le vis clopiner vers moi. Il se tenait le ventre et se déplaçait lentement, mais son éternel sourire étincelait dans la pénombre. À son tour, il s'accroupit près de moi.

— Alors? Cette jambe?

Rassemblant mon courage, je bougeai les orteils puis inclinai très légèrement le pied. Je constatai qu'il était raide et enflé. La douleur se rappela à mon bon souvenir, sauf que, cette fois, je m'y attendais.

— Elle a été en meilleur état, ironisai-je.

— Bien dit, ma belle ! s'esclaffa Lucas.

La pression autour de mes doigts s'accentua, et l'aîné des Hamilton fixa Jeremiah. Ses mots avaient immédiatement ravivé la tension entre les deux frères, et je poussai un vague grognement agacé. Lucas prit la sage décision de s'écarter.

— Savez-vous comment ça s'est produit? demanda-t-il à Marie. Était-ce une roquette? Une grenade? Une bombe installée avant notre arrivée?

Marie s'appuyait lourdement sur un tasseau brisé qui lui servait de canne.

— Mes hommes sont en train de faire des recherches. Malheureusement, la plupart de notre équipement a été détruit dans l'explosion.

Elle s'exprimait d'une voix rauque, comme si elle avait inhalé de la fumée ou braillé des ordres toute la nuit.

— Par ailleurs, poursuivit-elle, nous n'avons pas assez de lumière pour mener une fouille approfondie, et nous devons nous occuper de nos blessés.

— En tout cas, nous ne pouvons pas rester ici.

— Je sais, merci, monsieur Hamilton ! riposta-t-elle, peu amène.

À cet instant, un homme s'approcha d'elle et lui dit quelques mots à l'oreille. Elle s'éloigna en boitillant. Ma migraine était en train de s'atténuer – pas assez vite à mon goût. Je laissai retomber ma tête contre le bras de Jeremiah. J'étais plutôt contente qu'il fasse sombre, je devais être affreuse à voir.

— Que s'est-il exactement passé? murmurai-je. Je me souviens qu'on m'a retiré mes menottes puis d'un bruit énorme. Une explosion?

— Trois, en vérité, grommela-t-il. Tout a été parfaitement calculé pour que la maison s'écroule sur nous. Comme si aucune personne en particulier n'était visée mais qu'on cherchait à faire un maximum de victimes.

— Pourrais-je avoir un peu d'eau, s'il vous plaît? demandai-je en fermant de nouveau les yeux.

Lucas devança son frère.

— Je m'en occupe.

Se redressant avec raideur, il s'éloigna dans la pénombre. Entre la douleur à ma cheville, mon abominable mal de tête et l'idée qu'un fou en voulait à ma peau, j'avais du mal à retenir mon envie de fondre en larmes.

— Mais vous, repris-je en serrant ses doigts, ça va?

— Je n'ai pas à me plaindre. Le canapé m'est retombé dessus et m'a protégé des plus gros effets des déflagrations.

Imaginant la scène, j'eus un petit sourire.

— Vous avez été attaqué par un divan?

— Que ce petit secret reste entre nous, d'accord? Quoi qu'il en soit, et même le pire m'a été épargné, j'ai passé un mauvais moment quand je n'ai pas réussi à vous retrouver.

Sa manière d'exprimer son inquiétude fit monter une grosse boule dans ma gorge. Je serrai sa chemise entre mes doigts.

— J'aimerais tant que tout cela soit terminé, soufflai-je.

Avec un soupir, il posa sa paume sur mes cheveux et embrassa mon front.

— Comme je vous comprends, acquiesça-t-il à mi-voix.

Je ne pus m'empêcher de me demander si cela allait suffire à nous sauver.

— Je dois absolument contacter mes hommes.

— Et moi, je vous répète que ça pourrait être une très mauvaise idée !

Des éclats de voix étouffés qui me tirèrent de la somnolence pour la troisième fois ce jour-là. S'il faisait toujours sombre, je distinguai des lampes puissantes qui illuminaient un carré d'herbe à côté des ruines de la maison. J'étais désormais couchée sur un lit de camp, et une veste pliée me servait d'oreiller. Ma migraine s'étant enfin envolée, je m'assis prudemment, histoire de localiser les autres sources de la douleur irradiant dans mon corps. Ma cheville était immobilisée par une attelle, et une béquille attendait près de moi.

Je posai les pieds par terre et attendis un moment avant de prendre le risque de me lever. Ma première tentative se solda par un violent élancement dans la jambe qui m'arracha quelques jurons étouffés. Je réitérai l'opération, en veillant cette fois-ci à ne m'appuyer que sur ma bonne cheville et à utiliser le lit comme soutien. Je ramassai la béquille, la glissai sous mon aisselle et entrepris de boitiller en direction de la lumière.

Je n'étais pas la seule à avoir été blessée. Plusieurs personnes, dont certaines arboraient des vêtements souillés de sang et des pansements maculés, étaient installées sur d'autres lits de camp alignés le long d'un des murs du cottage. À la lisière du cercle lumineux, d'autres encore étaient allongées à même le sol, roulées dans des couvertures. Une main pâle dépassait de l'une d'entre elles, et je compris qu'il s'agissait des morts.

Je détournai le regard en frissonnant.

La lampe allumée un peu plus loin, bien que forte, dessinait des ombres inégales alentour. Je claudiquai vers les voix qui me parvenaient. On se disputait.

— Monsieur Hamilton, malgré tout le respect que je porte à votre expertise dans certains domaines, ma priorité est de mettre mes équipes et vous-même en sécurité.

— Sauf qu'il est trop dangereux d'utiliser vos réseaux de communication. Nous devons nous débrouiller sans recourir à un quelconque moyen extérieur.

— On en sait plus sur ce qui s'est passé? chevrotai-je.

Bien que ma voix ait pris des allures de croassement rocailleux, je réussis à attirer l'attention des deux belligérants. Si Marie décida de m'ignorer en s'adressant à l'un de ses agents qui s'était approché, Jeremiah se précipita vers moi et m'enlaça.

— Comment vous sentez-vous? s'enquit-il, oubliant visiblement tout de sa conversation avec l'agent d'Interpol.

— Fatiguée. Et j'ai l'impression d'avoir une cheville cassée. Elle est cassée, non?

— Quand je l'ai bandée, la peau était violette. Ce n'est pas bon signe. Malheureusement, nous ne serons sûrs de rien tant que nous ne vous aurons pas emmenée à l'hôpital.

Je frémis. J'étais handicapée, *inutile*.

— Qu'est-ce qu'on fait, maintenant?

— Il faut que nous filions. Ils n'ont pas réussi à déterminer l'origine des déflagrations. Autrement dit, ils ignorent si une nouvelle bombe ne risque pas d'exploser. Pour l'instant, nous sommes des cibles trop faciles. Je n'ai confiance dans aucun moyen de communication ni appareil électronique, il est très simple de nous localiser grâce à eux. Même leurs fichues bagnoles sont équipées de GPS!

— Mes collaborateurs sont en train d'en retirer deux, intervint Marie. Nous pourrons transporter les blessés pendant que nous réparons le troisième véhicule.

Jeremiah balaya ces explications d'un signe du menton.

— Il peut encore nous surveiller depuis le ciel, objecta-t-il. Je n'ai repéré aucun tunnel alentour qui nous permettrait de nous protéger des satellites. Or, nous devons partir du principe qu'il les surveille également.

Marie soupira.

— Sommes-nous seulement certains que c'est bien Rush qui est derrière tout ça?

— Pardon? tressaillit Jeremiah, l'air furieux. Qui d'autre, à votre avis?

Dans notre dos, quelqu'un se racla la gorge.

— Il se trouve que je me suis fait quelques ennemis, ces derniers temps.

Lucas nous gratifiait de son sourire désinvolte.

— Figurez-vous, Lucy, qu'après qu'ils vous ont cueillie à l'aéroport de Londres, j'ai été obligé de me donner en spectacle pour attirer l'attention de cette charmante dame.

Je sursautai.

— Oui, oui, j'étais présent, continua-t-il. Franchement, ajouta-t-il à l'intention de Marie, qui serrait les lèvres, vos hommes ont mis des heures à me repérer !

— Vous n'étiez pas pour autant obligé de frapper un agent de sécurité, répliqua l'interpellée en s'efforçant de ne pas remarquer le sourire narquois du trafiquant d'armes.

— Ce ne serait pas arrivé s'il avait été poli, se défendit ce dernier en battant innocemment des cils.

— Loki nous a fourni des renseignements, enchaîna la femme. D'où les photos que je vous ai montrées. Il nous aide à identifier certains des acteurs de… son domaine d'activité.

— Le fameux M. Smith de Jamaïque ? demandai-je à Lucas.

Je n'avais pas oublié l'homme élégant et serein sur le port. S'il ne m'avait pas semblé très dangereux sur le moment, je me souvenais de l'éclat apeuré dans les yeux de Niall et je me doutais qu'il n'était pas du genre à passer l'éponge sur une trahison.

— Pensez-vous qu'il soit déjà au courant ? insistai-je.

Un muscle tressaillit sur le visage de Lucas, même s'il ne se départit pas de son sourire.

— J'en suis même certain, répondit-il. Voilà pourquoi je ne jurerais pas que Rush est derrière ces explosions.

— Tu collabores avec les flics ? intervint soudain Jeremiah.

Son aîné se tourna vers lui en haussant un sourcil devant son ton plus que dubitatif.

— Et alors ? riposta-t-il. Ton grand frère n'a donc pas le droit d'être un héros lui aussi ? Tu pensais avoir ce monopole ? Ça ne m'étonnerait guère, remarque.

— On nous a orientés sur cette maison, repris-je en suivant le cours de mes réflexions. Le responsable est forcément celui qui a posé ces bombes !

— Non, dit Marie. Le hasard a pu jouer. Ou une complicité, l'idée étant de faire d'une pierre deux coups… Excusez-moi.

L'un de ses collaborateurs venant de l'appeler, elle se fondit dans l'obscurité.

Près de moi, Lucas frissonna.

— Je ferais sans doute mieux d'aller me reposer, annonça-t-il.

Ce ne fut qu'alors que je constatai qu'il était presque plié en deux.

— Vous allez bien ? m'exclamai-je.

J'avançai d'un pas, mais il m'arrêta d'un geste.

— Oui. J'ai juste besoin d'un peu de sommeil. À plus.

Il jeta un coup d'œil à Jeremiah, et un coin de sa lèvre se retroussa en un rictus moqueur. Puis il s'éloigna en boitillant vers l'un des lits de camp, un bras sur le ventre. Il avait l'air de souffrir vraiment. J'aurais aimé lui venir en aide, mais j'étais moi-même blessée et que je ne lui aurais pas été d'un grand secours. Les cadavres entreposés à la lisière du cercle lumineux me revinrent à l'esprit, et je me collai à Jeremiah.

— Je n'ai confiance en aucun d'eux, marmonna-t-il, le front plissé.

Je caressai son bras afin de l'apaiser.

— Et vous avez peut-être raison, chuchotai-je, mais avons-nous le choix ?

— Non, aucun.

J'appuyai ma tête sur son torse, profitant de sa chaleur.

— Ils sont tous d'Interpol? m'enquis-je.

— Non. Ils ont appelé des renforts. Il y a aussi des flics locaux. Le bureau anglais des crimes majeurs est là, et j'ai aperçu quelques badges de l'OTAN sur des gars et du matériel. Je ne serais pas étonné qu'il y ait aussi des équipes de la CIA. Rush a réussi à devenir l'ennemi public numéro un, et nous sommes pris au milieu d'une affaire qui nous dépasse largement.

Il était dur comme la pierre, tendu comme un arc. Un véritable lion en cage qui cherchait quelque chose ou quelqu'un à attaquer. Malheureusement, aucun ennemi n'était en vue pour l'instant, même si le danger continuait à nous guetter. Jeremiah vibrait littéralement sous les efforts qu'ils déployaient pour se contenir.

Je passai une main dans ses cheveux, et il se détendit un peu. Baissant les yeux, pris mon menton dans sa main.

— Jamais je ne vous aurais frappée, murmura-t-il.

Ce brusque changement de sujet me dérouta. M'écartant, je l'observai attentivement.

— Je n'en doute pas, répondis-je.

Si je l'avais plusieurs fois craint, jamais je n'avais redouté qu'il porte la main sur moi.

— À l'hôtel Almasi... quand j'ai tenté de vous attraper et que vous... avez reculé...

Il s'interrompit pour scruter les ténèbres, reprit:

— Mon père...

Vu ce que je savais des Hamilton, toute phrase commençant par ses mots n'augurait rien de bon. Le plus doucement possible, posant l'index sur sa joue, je ramenai son visage face au mien. Bien qu'il ne fronce plus les sourcils et malgré les ombres, je distinguai parfaitement le chagrin qui ravageait ses traits.

— En dépit de toutes nos disputes, soufflai-je, je n'ai pas un instant songé que vous pourriez me faire du mal.

Mes paroles n'eurent cependant pas l'air d'avoir beaucoup d'effet.

— J'aurais pu, pourtant, chuchota-t-il. Ça aurait été si facile.

— Ça n'a pas été le cas! m'exclamai-je avec une véhémence qui, cette fois, réussit à le tirer de ses pensées moroses. Vous m'avez blessée avec vos mots, certes, mais vous étiez submergé par votre souffrance. Et puis, quand bien même vous auriez mis vos menaces à exécution…

Je me tus et me mordis les lèvres. Les plaies étaient encore trop fraîches pour évoquer ces souvenirs. Il faudrait attendre que je sois en mesure de les affronter.

— Écoutez, poursuivis-je, nous avons tous les deux commis des erreurs. Le chemin du pardon sera long.

— Peut-être.

— Jeremiah, insistai-je, j'ignore les détails de votre enfance, mais je crois connaître l'homme que vous êtes devenu.

Comme il se détournait de nouveau, je boitillai de façon à me placer en face de lui et nouai mes doigts autour de sa nuque. Il me fixa, silencieux. Inexplicablement, des larmes perlèrent à mes paupières, et je les retins avant de continuer:

— Vous êtes quelqu'un de formidable. Et malgré les épreuves que nous avons traversées, je suis heureuse que vous soyez entré dans ma vie.

Il s'entêta dans son silence, ce qui ne m'empêcha pas de soutenir son regard intense. Ses prunelles luisaient faiblement dans l'obscurité. Il m'était impossible de deviner ses pensées, mais je m'en moquais. Il finit par se racler la gorge et détourna la tête.

— Nous ferions mieux d'aller voir comment les autres s'en sortent, souffla-t-il.

Si j'avais compté sur une déclaration réciproque de sa part, j'en étais pour mes frais. Heureusement, je n'étais plus aussi naïve. Je me contentai de lever les yeux au ciel et de soupirer.

— Serez-vous assez galant pour aider une fille estropiée ?

Il m'offrit son bras. Je lui confiai ma béquille, le saisi par la taille et le serrai fort contre moi. J'avais encore bien des choses à lui dire, ce serait pour plus tard. Pour le moment, nous avions d'autres urgences à régler. Appuyée contre lui, je claudiquai jusqu'au reste du groupe.

2

— Avons-nous la moindre idée de notre destination?

— Aucune. L'idée générale, le consensus, si vous préférez, c'est que nous ne pouvions nous attarder plus longtemps là-bas.

Je regardai Lucas qui, tout près de moi, se tenait à côté d'une des grosses camionnettes garées devant les ruines du cottage. Malgré la lumière faiblarde, je distinguai un filet de sueur qui dégoulinait le long de son visage. Sa peau blême luisait, et il s'appuyait lourdement sur le capot du véhicule.

— Ça va? m'enquis-je.

— Frais comme un gardon, répondit-il en me lançant un coup d'œil. Au moins, moi, je ne boite pas.

En rougissant, je tripotai ma béquille et m'efforçai d'ignorer ses sarcasmes.

— Est-ce vous qui m'avez libérée de sous cette poutre?

— Autant que possible, oui, éluda-t-il avant de montrer ma cheville. Vous arrivez à poser le pied par terre?

Me redressant, j'essayai. Lentement. La douleur se manifesta aussitôt, moins violente qu'auparavant cependant. Je repliai le genou et, de nouveau, m'en remis au soutien de la canne.

— Vaguement, conclus-je.

— C'est bon signe. Avec un peu de chance, il ne s'agit que d'une entorse ou d'un hématome dû au poids de la solive.

Il se tut. Quelques minutes s'écoulèrent. Ce silence ne lui ressemblait pas.

— Vous avez vraiment mauvaise mine, insistai-je, inquiète.

L'obligation de me répondre lui fut épargnée par l'arrivée de Marie et Jeremiah. Ce dernier foudroya son frère du regard, et je m'adossai à lui afin d'apaiser sa jalousie. Il me serra contre lui. La force de sa prise autour de mes épaules m'informa sur son degré de tension.

Marie ouvrit la portière côté passager de la première voiture. Afin d'éviter d'être repérés, ses agents avaient retiré les ampoules des plafonniers intérieurs. Elle balaya l'habitacle du faisceau de sa lampe électrique comme si elle effectuait une ultime vérification.

— Deux véhicules sont prêts à partir, annonça-t-elle. L'un des miens a été endommagé par la déflagration. Mes hommes sont en train de le réparer. Nous devons mettre nos blessés en sécurité.

— Avec ou sans lumière et phares, il nous retrouvera, objecta Jeremiah.

— C'est un risque à courir, répliqua Marie. J'ai des hommes dont l'état réclame des soins, et Lucy a peut-être la cheville cassée.

Je tressaillis, mécontente qu'elle se serve de moi pour obtenir le consentement de Jeremiah, mais ce dernier finit par acquiescer.

— Cette fourgonnette servira donc au transport des blessés, décréta-t-il. Qu'ils embarquent.

Marie opina avant de faire un geste dans la pénombre. Plusieurs hommes apparurent, certains en soutenant d'autres. L'un après l'autre, ils prirent place dans les voitures. Pas un mot ne fut prononcé, seuls quelques soupirs et petits cris étouffés trahissant la souffrance des blessés. Jeremiah se détacha de moi.

— Venez, je vous aide à vous asseoir.

Je me pliai à sa volonté. Quand je fus installée, il glissa la béquille sur mes genoux. Je m'attendais à ce qu'il me rejoigne, au lieu de quoi, il fit glisser la portière coulissante de l'autre côté de la voiture afin de permettre à d'autres blessés de monter.

— C'est vous qui conduisez? lançai-je en attachant ma ceinture.

Au lieu de me répondre, il apostropha Lucas:

— Donne-nous un coup de main!

— Jeremiah? repris-je d'uns voix ferme. Vous nous accompagnez, n'est-ce pas?

— Ça n'en a pas l'air, dit Lucas sans broncher de son poste près du capot. J'ai plutôt l'impression qu'il compte rester ici pour jouer les héros.

Non! Je me tournai vers Jeremiah. Mais l'obscurité m'empêcha de distinguer son visage.

— C'est vrai? m'étranglai-je.

Comme il gardait le silence, je le tirai par la manche.

— Vous ne venez pas?

— Je vous rejoindrai très vite, maugréa-t-il avec réticence. Juste le temps d'aider avec la troisième voiture. Nous vous rattraperons.

— Vous allez en avoir pour longtemps?

— Pas trop, je pense. La priorité, ce sont les blessés.

Je veux rester avec vous. Les mots restèrent coincés dans ma gorge. Je fus soudain submergée par l'angoisse, ma respiration devint pénible. J'avais beau ne pas être du genre à supplier, j'envisageai cette fois de le faire. Mais je me contentai finalement de le fixer, tandis qu'il aidait les derniers passagers à monter.

— Et le deuxième véhicule? demandai-je.

— Il est déjà plein et transporte aussi le matériel resté utilisable. Les chauffeurs prendront des routes différentes, au cas où, mais vous devriez arriver à destination à peu près au même moment.

Il referma la portière, passa la tête par la vitre ouverte.

— Dès que la troisième voiture sera prête, nous vous rejoindrons, répéta-t-il.

Je compris qu'il était hors de question de le faire changer d'avis. Je n'en eus que plus envie de l'enlacer. Le danger était réel. Qui pouvait dire ce qui nous menaçait? Consciente qu'exprimer mes doutes et mes craintes ne serviraient à rien, je les ravalai.

— Soyez prudent, murmurai-je en posant une main tremblante sur son bras.

S'emparant de mes doigts, il les embrassa. Si près de lui, en cet instant, je lus sur son visage sa gratitude et son approbation. Il était fier de ma réaction. Je fis courir mon index sur sa joue pour mieux mémoriser le contour de ses traits et la texture de sa peau, puis je m'adossai de mauvaise grâce à mon siège. Tout en moi me conduisait à pleurer et objecter, plaider et supplier, mais ça ne ferait que me rendre pitoyable. Je me contrôlai donc, me mordant sauvagement l'intérieur de la joue pour retenir le flot de mes larmes.

— À toi Lucas, dit Jeremiah en lui désignant le siège passager.

— Je…

L'aîné des Hamilton s'interrompit et me regarda à travers le pare-brise.

— Je ne vais pas… pouvoir…

Glissant soudainement sur le côté, il s'effondra. Un cri m'échappa. Jeremiah se précipita, et je passai la tête par la fenêtre afin de voir ce qui se passait. Lucas respirait avec difficulté. Quand son frère palpa son abdomen, il poussa un gémissement. Jeremiah remonta vivement sa chemise et, en dépit de la pénombre, j'aperçus un énorme hématome sur le ventre de Lucas.

— Espèce de connard arrogant, gronda Jeremiah. Pourquoi tu n'as rien dit? Ça ressemble à une hémorragie interne.

D'un geste, Marie avait ordonné à deux agents de venir aider les Hamilton.

— Tu crois? souffla Lucas.

Je n'aurais su dire s'il s'agissait d'une véritable question ou d'une de ses moqueries habituelles. Sa voix, réduite à un simple souffle, me donna la chair de poule. Les trois hommes entreprirent de le faire monter à bord de la camionnette. Il ne restait plus que la banquette tout au fond, juste derrière moi. Je les regardai y installer Lucas avec beaucoup de précautions. Il ouvrit les yeux, m'adressa un petit signe faiblard et un sourire encore plus ténu.

Marie grimpa sur le siège conducteur et mit le contact. Les dernières portières refermées, Jeremiah recula d'un pas. Devant nous, le premier véhicule démarra et se fondit rapidement dans la nuit. Il n'avait pas allumé ses phares. Marie l'imita, et je me demandai brièvement comme elle et son collègue allaient s'en sortir. Au même instant, elle chaussa des lunettes à vision nocturne.

— C'est parti !

La silhouette de Jeremiah fut vite avalée par l'obscurité, et je cessai de regarder en arrière. Le cœur serré, je ravalai mes sanglots. Les horribles souvenirs du jour où mes parents étaient morts me revinrent en mémoire. La police m'avait téléphoné quelques heures après l'accident, et je m'étais rendue seule à l'hôpital en voiture afin d'identifier les corps. Je savais que je serais incapable de supporter la même chose une seconde fois ; si Jeremiah mourait, j'en perdrais la raison.

— Ainsi, vous êtes née au Canada ?

La voix de Marie avait soudain brisé le silence. Je tournai la tête vers elle puis de nouveau vers le néant noir qui enveloppait la voiture.

— À Québec, précisai-je après m'être éclaircie la voix. Nous avons déménagé lorsque ma grand-mère est morte et nous a laissé sa maison, dans l'État de New York.

— Une canadienne française ! Ma sœur vit à Montréal.

Marie tentait d'alléger l'atmosphère en bavardant de tout et de rien. Je lui en sus gré, mais je n'étais pas d'humeur à faire la conversation. Me déplaçant légèrement, je tâtonnai sur la banquette derrière moi. Lorsque je trouvai le coude de Lucas, je fis glisser ma main jusqu'à ses doigts que je serrai doucement. Je fus heureuse lorsqu'il réagit de même.

— Pourquoi ne pas nous avoir dit à quel point vous aviez mal?

— C'était plus drôle comme ça. Vous auriez vu votre tête quand je me suis écroulé! Je regrette de ne pas avoir eu d'appareil photo sur moi.

— Si vous n'étiez pas blessé, grognai-je, je vous frapperais volontiers.

— Ne vous gênez pas. Je ne crois pas que ça changera grand-chose, maintenant.

Il parlait avec difficulté, et je raffermis ma prise autour de sa main.

— Marie? lançai-je. On a encore beaucoup de route?

— Je fais de mon mieux pour faire au plus vite.

Le silence retomba, le trajet s'éternisa. Près de mois, deux agents qui souffraient de fractures poussaient des gémissements étouffés à chaque cahot. Mais c'était la respiration sifflante de Lucas qui m'inquiétait le plus. Nous finîmes par atteindre l'autoroute. Marie retira ses lunettes et alluma les phares. La douleur de ma cheville s'effaça dans mon esprit tandis que je comptais les kilomètres.

Le jour était levé depuis un moment quand nous nous garâmes sur le parking d'un hôpital de la banlieue londonienne. Du personnel escorté par des policiers se précipita aussitôt vers nous. Je descendis seule de la voiture, les muscles raidis par la longue route, et refusai du geste un fauteuil roulant tandis qu'on chargeait Lucas sur une civière. Je suivis en boitant, mais Marie m'interdit de l'accompagner dans l'ascenseur.

— Il est entre les mains des médecins, à présent, me dit-elle. Il va partir en chirurgie.

— Ça va aller? demandai-je, impuissante.

— Nous n'en savons encore rien. Mais ayez confiance. De votre côté, vous devriez faire soigner cette cheville.

Comme pour lui prouver que ce n'était pas nécessaire, je pliai mon pied avant de le poser pied par terre. Si la cheville était raide à cause de son enflure, la douleur était beaucoup moins intense qu'au début.

— Inutile, je vais bien, répondis-je. Des nouvelles de Jeremiah et des agents restés sur place?

— Ils ont annoncé leur départ il y a trente minutes. Nous les attendrons ici.

Mes épaules se relâchèrent et j'exhalai l'air que, inconsciemment, j'avais retenu. Je ne me sentirais pas en sécurité tant que Jeremiah ne m'aurait pas rejointe, mais il était bon d'apprendre qu'il était en chemin.

— Nous n'avons pas encore eu l'occasion de parler de ce qui vous est arrivé après votre départ de Londres, reprit Marie. Et si nous profitions de cette pause?

Elle était presque gentille, ce qui éveilla mes soupçons.

— Nous étions menottés et sous bonne garde, la dernière fois que vous et moi avons discuté, ripostai-je sans aménité.

— Certes, mais vous veniez de débarquer dans un lieu surveillé par nos services, au beau milieu d'une opération d'envergure majeure. Vous pouvez comprendre que cela nous ait rendus un tantinet nerveux.

Pas faux.

Je soupirai.

— Bien, cédai-je, je vous dirai ce que vous voulez savoir. Je suis plus que lasse de ces péripéties. Je ne souhaite qu'une chose : retrouver mon existence banale et ennuyeuse.

— Pas sûr que vous en soyez satisfaite après tout ce que vous venez de traverser. J'ai beau comprendre vos sentiments, dites-vous bien que vous fréquentez des personnes qui risquent de ne jamais être en mesure de vous offrir la paix que vous désirez.

— Sans blague, marmonnai-je avec un sourire. Y a-t-il un coin où je pourrais reposer mon pied?

Marie n'eut pas le loisir de me répondre, car un jeune agent se précipita vers nous.

— Nous venons de les localiser! s'exclama-t-il, hors d'haleine.

— Qui?

— La famille de l'agent Sanders. Sa femme a appelé d'une cabine qui se trouve à moins de deux kilomètres d'ici en demandant à parler à son mari. Des gars sont allés la chercher.

Marie afficha une moue chagrine.

— Au moins quelqu'un qui s'en sera tiré sans dommages, grogna-t-elle. Il faut que j'y aille, ajouta-t-elle à mon adresse. Mais n'oubliez pas que nous devons parler.

Sur ce, elle s'éloigna d'un pas pressé et je lui emboîtai le pas tant bien que mal.

— Je pourrais vous aider? lançai-je dans son dos. Ne serait-ce qu'écouter l'histoire de ces gens-là? Des fois que je fasse un lien avec Rush?

Marie s'arrêta net, me regarda puis secoua la tête, réticente.

— Je dois d'abord avertir la famille du décès de Sanders. Puis l'interroger sur ce qui s'est passé et ce qu'ils savent. Si jamais ils disent quoi que soit que nous aurions besoin d'éclaircir, je vous tiendrai au courant.

Elle s'interrompit, se racla la gorge.

— Je sais que vous avez été attaquée par cet homme, recommença-t-elle. C'était pourtant quelqu'un de bien, avant votre... altercation. Puis-je compter sur vous pour ne rien mentionner de sa participation forcée à tout cela ?

— Naturellement ! m'exclamai-je.

Je me remémorai l'air désespéré du policier alors qu'il brandissait son arme. Il avait été piégé, contraint de choisir entre sa famille et nous, des inconnus. Malgré ma frayeur, sa tentative de m'abattre, je me mettais à sa place. Il n'était pas question de faire porter le poids de ses actes à sa famille, d'autant qu'elle avait été retenue en otage par Alexander Rush.

— Voulez-vous que je vous accompagne ?

— Non. Restez ici pour le moment. Dès qu'on vous aura examinée et que Lucas ira mieux, nous viendrons vous chercher.

Elle se tut de nouveau, me dévisagea, les lèvres pincées.

— Que représente-t-il à vos yeux ? finit-elle par s'enquérir.

Devinant les insinuations de sa question, je tâchai de ne pas m'en formaliser. Par ailleurs, ma réponse était prête.

— C'est un ami très proche. Ni plus ni moins.

Mon interlocutrice acquiesça, guère convaincue.

— Je sais que vous estimez aller bien, reprit-elle, mais faites quand même examiner cette cheville.

J'y consentis d'un vague hochement de tête, et elle repartit. Au même instant, un jeune médecin accompagné d'un agent s'approcha et m'invita à le suivre en direction d'une petite pièce.

Il confirma ce que je pensais: je souffrais d'une bonne foulure. Il se contenta de rebander ma cheville encore enflée. Il m'expliqua que l'hématome était externe et dû à la chute de la poutre, non interne et lié à une éventuelle fracture. Il suggéra une radio, tout en admettant que, comme je marchais sans trop souffrir, elle ne ferait sans doute que confirmer son diagnostic. Reposant le pied par terre pour faire quelques pas, je constatai que son pansement bien serré facilitait mes déplacements. Le médecin me déconseilla tout de même de les éviter au maximum.

Lucas se trouvait encore en chirurgie quand on me libéra. Je m'installai dans une salle d'attente et fermai les yeux. Malgré la tension que je ressentais suite aux événements de la nuit, je réussis à somnoler. J'ignore combien de temps cela dura, mais je me sentais en sécurité ici, pour l'instant loin du danger. Ma migraine avait à présent entièrement disparu.

— Mademoiselle Delacourt?

Une voix me tira de mes rêveries. Il s'agissait d'un autre médecin, un peu plus âgé que celui qui m'avait examinée. En revanche, c'était les mêmes policiers qui s'alignaient dans le couloir. Je me redressai.

— Oui?

— Votre ami Lucas vous réclame, dit l'homme avec un sourire.

Cela eut le don de me réveiller pour de bon. Attrapant ma béquille, je me levai.

— Son hémorragie n'était pas trop grave, m'expliqua le chirurgien, et l'intervention a été relativement facile. Mais il devra garder le lit quelques jours.

Ces dernières paroles me semblèrent être adressées plus aux agents qu'à moi-même. Une femme rousse tira un portable de sa poche et s'éloigna de quelques pas.

— Donc, soufflai-je, il va s'en tirer? Je peux le voir?

— Oui. Il risque d'être dans les vapes, mais je vais vous conduire à sa chambre. Par ici, s'il vous plaît.

— Excusez-moi! intervint la policière qui avait téléphoné. Agent Anderson. Puis-je avoir un moment avant que vous y alliez?

Ignorant le médecin, nous échangeâmes une brève poignée de main et elle me fit signe de la suivre.

— L'agent Gautier souhaite s'entretenir avec vous, m'annonça-t-elle.

Anderson avait un accent américain, ce qui éveilla mon attention. Elle m'entraîna dans le couloir, puis m'indiqua d'entrer dans une pièce. Je m'exécutai, un brin nerveuse de passer la première, avec elle dans mon dos. Ce n'est pas tant que je n'avais pas confiance en elle, mais j'avais subi des expériences tellement étranges ces derniers temps que j'étais devenue plus attentive à ma propre sécurité. Je me surpris à établir rapidement un plan des lieux, repérant la sortie la plus proche en cas de besoin.

Était-ce le genre de stress que Jeremiah vivait au quotidien?

Une fois hors de portée d'éventuelles oreilles indiscrètes, Anderson me passa son téléphone portable.

— Allô?

— J'aimerais vous poser quelques questions avant que vous rendiez visite à Lucas, me dit Marie, me donnant le sentiment qu'elle surveillait mes moindres faits et gestes.

— Pas de problème.

— J'ai discuté avec la veuve de Sanders, et elle m'a raconté des choses étranges. Avant tout, je voudrais que vous me présentiez votre propre version des événements.

— OK. Mais sachez que je ne suis pas certaine de les avoir bien compris. Jeremiah et moi avons traversé la campagne en changeant plusieurs fois de voiture.

— Comment ça? Non, oubliez. Dites-moi plutôt, vous êtes-vous arrêtés quelque part? Avez-vous eu des contacts avec quelqu'un?

— Une seule personne, mentis-je, ayant déjà décidé, selon la volonté de Jeremiah, de laisser Ethan en dehors de tout ça. Dans un pub. Un type nommé Ronny. C'est lui qui nous a renseignés sur le cottage où était censé se trouver Rush.

— Décrivez-le-moi, s'il vous plaît.

— Petit, fluet et agaçant. Grandes oreilles, gros nez, cheveux blonds fins. Une sorte de troll. Il frimait un max, et il a fallu que Jeremiah lui arrache ses infos de la bouche. Le pub était situé entre une épicerie et une laverie automatique, mais j'ignore dans quelle ville. Jeremiah vous le dira. Il est arrivé?

— Chaque chose en son temps. Cet homme avait-il un accent?

Bien qu'elle ne puisse pas me voir, je haussai les épaules.

— Cockney, je dirais. Désolée, je ne sais pas le qualifier plus précisément. En revanche, je repérerais ce type n'importe où.

— Merci, mademoiselle Delacourt. Je m'occupe du reste.

— Hé! Un instant! Qu'en est-il de…

La ligne fut coupée. Irritée, je sentis une vague d'appréhension monter en moi. Je rendis l'appareil à l'agent.

— Je vous en prie, murmurai-je, la voix étranglée, prévenez-moi dès que vous aurez des nouvelles de Jeremiah.

La rousse opina et, ravalant mes inquiétudes, je haussai le menton et sortis de la pièce. Je rejoignis le chirurgien, qui me conduit à une chambre non loin de là.

Lucas tourna la tête vers moi sitôt que j'entrai.

— Salut! lançai-je en m'efforçant d'adopter un ton décontracté. Vous avez sale mine.

— C'est l'hôpital qui se moque de la charité, répondit-il avec un sourire fatigué. Vous vous verriez! Où sommes-nous?

— À l'hôpital. Pour l'instant. Comment vous sentez-vous?

Je m'assis en soupirant.

— En pleine forme! Je pourrais danser la gigue.

Il tenta de se redresser sur ses oreillers, grimaça de douleur.

— Bon, tempéra-t-il, juste la valse.

Les yeux rivés sur mes mains, je me tordis les doigts.

— J'en ai assez de tout ça, Lucas, marmonnai-je. Je voudrais rentrer chez moi et oublier que c'est arrivé.

— Malheureusement, le monde ne fonctionne pas comme ça. On n'échappe pas à son passé. On l'affronte, en espérant seulement survivre à la confrontation.

La morosité avec laquelle il s'était exprimé me convainquit qu'il parlait d'expérience. Notre situation était inquiétante et soumise à des variables encore inconnues. J'avais l'impression que ma vie s'était transformée en zone de guerre même si, pour le moment, j'étais en terrain relativement sûr. Mes sens étaient aiguisés, mes émotions à fleur de peau. Il était impossible de prédire d'où viendrait le prochain coup, ni quand il se produirait.

Dans le couloir, un bruit résonna qui me fit sursauter et jeter un coup d'œil vers la porte. Quand mon regard revint se poser sur Lucas, je vis qu'il m'observait. De nouveau, je baissai les yeux sur mes mains.

— J'aimerais être en mesure de vous promettre que tout ira bien, reprit-il en poussant un gros soupir. Le mensonge serait facile. Surtout de la part d'un type comme moi. Me croiriez-vous, cependant, maintenant que vous êtes au courant de la situation?

Non. Les mensonges, aussi bien intentionnés soient-ils, ne serviraient à rien. Les enjeux étaient trop importants et personnels pour que des promesses creuses soient d'un quelconque réconfort. Un nuage de ténèbres absolues naquit en moi, menaçant d'engloutir tous les bons souvenirs que j'avais.

— Regardez-moi, Lucy.

J'obtempérai de mauvaise grâce. La tête inclinée, il me dévisageait avec intensité. Sa cicatrice ressortait plus que jamais sur sa peau blême, mais ses prunelles bleu vert restaient alertes. Ses cheveux bruns, ordinairement coiffés en arrière, étaient ébouriffés, et la sueur collait quelques mèches sur son front. Tout avait disparu de sa suave sophistication. Lucas avait l'air de ce qu'il était en cet instant : un blessé ayant grand besoin de repos dans un lit d'hôpital.

Il me tendit la main, me fit signe de me rapprocher. Je me contentai d'allonger le bras, et il couvrit mes doigts de ses deux paumes.

— Lucy Delacourt, décréta-t-il avec une gravité que je ne lui connaissais pas, je vous promets de faire tout mon possible pour vous protéger, vous et mon frère. Est-ce entendu ?

Protégez-vous aussi ! songeai-je. L'idée de perdre cet homme exaspérant d'assurance m'était insupportable. Spontanément, je libérai ma main et, me penchant vers lui, repoussai quelques mèches de cheveux de son front. Il déglutit en silence sans cesser de me fixer de son regard pénétrant. J'eus l'impression qu'il s'apprêtait à me poser une question quand on frappa à la porte. Lucas et moi tressaillîmes à l'unisson.

J'allai prudemment entrouvrir le battant. La femme rousse se tenait sur le seuil.

— Je voulais vous avertir, chuchota-t-elle, si bas que même moi j'eus du mal à l'entendre. L'agent Gautier m'a annoncé que l'équipe qui a quitté le cottage en dernier n'a toujours pas donné signe de vie, alors qu'elle aurait dû arriver il y a une heure. Nous ignorons où elle se trouve.

3

Lucas et moi fûmes transférés de l'hôpital quelques heures plus tard, sûrement par mesure de sécurité. Lui fut installé dans un fauteuil roulant et embarqué à bord d'une camionnette, tandis que je suivais dans une berline en compagnie d'autres agents d'Interpol. Nul ne dit mot, sans doute conscient que parler était inutile. Des équipes avaient été envoyées à la rencontre de la voiture empruntée par Jeremiah, sans résultat pour le moment. La décision avait donc été prise d'évacuer tout le monde de l'établissement public.

Comme figée par un froid que je ressentais au plus profond de moi, je me contentai de suivre les ordres. J'étais branchée sur pilote automatique. Un engourdissement douloureux m'avait envahie, empoisonnant mes ultimes espoirs, entachant toute possibilité d'une issue heureuse. Pour la première fois, il m'apparaissait avec clarté que tout pouvait mal finir, que celui que j'aimais risquait de perdre la vie. Le sentiment létal qui s'était emparé de moi pesait au creux de mon ventre, m'alourdissait au point même de rendre difficile le moindre mouvement.

Notre nouveau refuge se révéla être une sorte de bunker moderne retranché derrière une épaisse clôture en fer.

Alors que nous étions poussés hâtivement à l'intérieur, je remarquai des sentinelles postées un peu partout, armes au poing. L'organisation qui nous protégeait s'attendait visiblement à une véritable guerre – ce que les événements des derniers jours présageaient.

Je n'avais cependant plus la force de m'en soucier.

Après avoir traversé un hall d'entrée, franchi un contrôle de sécurité digne de celui d'un aéroport et grimpé de plusieurs étages dans un ascenseur, nous débouchâmes sur un couloir aveugle au cœur du bâtiment. L'agent Anderson, qui m'escortait depuis le début, me fit entrer dans une pièce où, à mon grand soulagement, je retrouvai Lucas. Assis sur sa chaise roulante, encadré par deux policiers, il avait tout d'un roi sur son trône. Puis les hommes l'aidèrent à s'installer sur un divan, ce qu'il fit avec quelques grognements de douleur. Il m'adressa quand même un immense sourire qui fendit son visage à la pâleur inquiétante.

— Regardez-moi un peu qui est là, dit-il avec un entrain forcé avant de détailler ma voisine. Il est si agréable de voir un joli minois dans ce genre de situation, ajouta-t-il à son adresse. Parfois, trop de testostérone me fatigue.

Si elle rougit, l'agent Anderson ne dit mots. D'un geste, elle intima à ses collègues de la suivre dans le couloir. Dès qu'ils eurent disparu, le sourire de Lucas se fana quelque peu.

— Toujours pas de nouvelles de Jeremiah? demanda-t-il.

— Non, rien, répondis-je en m'asseyant dans un fauteuil. Ils auraient dû nous avoir rejoints depuis des heures. Or ils n'ont pas donné signe de vie.

— Je vous parie qu'ils regrettent sacrément d'avoir débarrassé ce véhicule de son GPS, commenta-t-il.

Je le gratifiai d'un regard peu amène, et il leva les bras au ciel.

— Que voulez-vous que je dise? se défendit-il. Que j'aimerais qu'il soit ici? Ça va de soi, il s'agit de mon frère.

— Je sais. Qu'est-ce que je déteste être réduite à l'impuissance!

— Comme je vous comprends. Si les méchants déboulaient par cette porte en cet instant, je ne pourrais rien faire de mieux que de les chasser d'un revers de main.

L'image m'arracha un sourire, même si l'humeur n'était guère à la plaisanterie.

— Que vous arrivera-t-il quand tout cela sera fini? demandai-je.

— Aucune idée. Pour peu que j'échappe à ce demi-frère complètement taré, je risque d'être descendu par l'une de mes anciennes connaissances que j'aurai trahie.

Je détournai les yeux.

— Vous et moi sommes de vrais boute-en-train, hein?

— D'excellents comiques, marmonna-t-il. Après tout, la situation l'exige.

— Je ne sais pas quoi faire à propos de Jeremiah.

Les mots m'avaient échappé, et je le regrettai aussitôt. Je me mordis la langue. Demander conseil à « l'autre » au sujet de cette liaison était d'une ironie grinçante. En même temps, je pensais à Lucas comme à un ami et un allié. Il haussa les épaules, fixa son regard sur le mur d'en face.

— Il n'y a rien que vous puissiez faire, murmura-t-il. Il vous pardonnera… ou pas.

Il avait raison.

— Et… comment saurai-je s'il m'a réellement pardonné?

— Vous ne le saurez pas, répliqua-t-il sans ménagement. Si ce qui s'est passé entre nous est à l'origine de vos conflits, seuls des tonnes de confiance mutuelle vous sauveront. Il n'en reste pas moins que c'est la bêtise de mon frère qui vous a conduite dans mon lit. Pas votre amour pour moi.

L'amertume de ses paroles me fit tressaillir. Je me sentais affreusement mal d'avoir utilisé Lucas, quand bien même cela n'avait pas été intentionnel.

— Je suis désolée, soufflai-je en me tassant sur moi-même.

— Ne le soyez pas, soupira-t-il. Anya m'aimait. J'avais beau en être conscient, ça ne m'a pas empêché de la manipuler pour parvenir à mes fins, la détruisant au passage. Et puis, combien d'autres personnes ai-je blessées avec mes activités illégales? Croyez-moi, je mérite bien pire que ce que vous m'avez infligé.

J'allais objecter lorsque des voix retentirent à l'extérieur. Marie était de retour. J'identifiai sa voix, même si je ne réussis pas à comprendre ce qu'elle disait. Bondissant du fauteuil, je traversai vivement la pièce, ouvris la porte à la volée et inspectai le couloir avec impatience. Anderson se manifesta immédiatement.

— Un problème, mademoiselle Delacourt?

J'apostrophai Marie qui s'éloignait.

— Ils ont trouvé quelque chose?

Elle fronça les sourcils.

— Vous devriez être en train de vous reposer, mademois…

— Ce n'est pas le moment! Des nouvelles de Jeremiah? De Ronny?

La responsable d'Interpol pinça les lèvres et échangea avec sa collaboratrice un coup d'œil qui en disait long.

— Les forces de l'ordre anglaises ont tout de suite identifié celui que vous nous avez décrit, concéda-t-elle, alors que, au bout du couloir, tintait la sonnerie annonçant l'arrivée de l'ascenseur. Elles nous ont aidés à le localiser et à l'appréhender. Il me reste à l'interroger. Je vous tiens au courant dès que j'en aurais appris plus.

Ces paroles étaient aussi vides de sens que l'air que je respirais. Secouée à la fois par la peur et la colère, j'agrippai le montant de la porte afin de cacher mes doigts tremblants. Marie était déjà repartie, comme si elle avait déjà tout oublié de mon existence.

— Ronny va tâcher de gagner du temps, chuchotai-je, soudain incapable de contenir mes émotions. Il faut que nous les retrouvions maintenant!

— Soyez patiente, me conseilla Anderson.

Elle se posta devant moi, alors que l'ascenseur s'ouvrait sur le couloir. Parmi ceux qui en sortirent, Ronny ne manqua pas de me repérer, et un rictus satisfait étira ses lèvres.

— Salut, ma poule! me lança-t-il avec un regard libidineux. Tu pouvais plus te passer de moi, ou quoi? T'as envie d'un petit tour de manège, maintenant que ton chéri a disparu de la circulation?

Je reculai, comme sous l'effet d'une gifle. Les éclats de rire de Ronny déferlèrent sur moi et, tout à coup, le barrage céda. Ce sale type savait où était Jeremiah, je n'avais plus aucun doute à ce sujet. Mais tout cela n'était qu'un jeu, pour lui. Il ne dirait rien, préférant nous voir nous démener dans tous les sens et jouir du spectacle de notre désarroi. Et ce, jusqu'à ce qu'il soit trop tard. L'écho de sa jubilation résonnant dans mon crâne fut le déclic : qu'il me fallait agir.

Anderson se tenait entre moi et le petit homme menotté, qu'elle observait, comme subjuguée. Je baissai les yeux sur sa taille, là où était accroché le holster. Sans réfléchir aux conséquences de mes actes, je m'emparais de son arme.

Anderson sursauta et se retourna en poussant un cri de stupeur. Tous les regards étaient braqués sur moi et je compris que je devais agir vite. Ignorant ma cheville endolorie, je me ruai sur Ronny et agrippai sa chemise. Mon élan déstabilisa les hommes qui le maintenaient et nous propulsa tous les deux contre le mur, puis à terre. Je tenais toujours l'arme et la pointai sur son crâne. Toute morgue avait à présent disparu de ses traits, et il me contemplait avec des yeux exorbités par la surprise.

De près, il sentait encore plus mauvais que je me l'étais imaginé. Ses lèvres étaient retroussées sous l'effet de l'étonnement, dévoilant des dents gâtées et laissant s'échapper une haleine qui soulevait le cœur.

— Non, Lucy ! cria Marie.

Je l'ignorai et, déplaçant le pistolet, enfonçai le canon sous son menton. Je devinai plus que je ne vis que les agents présents avait dégainé. Pour nous tenir en joue, j'imagine. Là encore, je m'en fichais comme d'une guigne. La colère qui m'avait poussée à agir me donnait toujours l'énergie dont j'avais besoin.

Ronny se tortillait comme un ver. Malheureusement pour lui, avec ses bras menottés dans le dos, il ne pouvait pas faire grand-chose.

— Retenez-la ! s'égosilla-t-il.

Des mains m'attrapèrent et je me raidis. J'armai le chien de mon pistolet.

— Pas un geste, sinon je tire !

Même si cela ressemblait à une scène de mauvais film policier, ce fut efficace. La prise sur mes épaules se relâcha. Ronny était proprement terrifié, maintenant.

— Où les a-t-il emmenés? demandai-je d'une voix ferme.

— J'en sais rien du tout !

Raide comme une planche, il écarquillait des yeux révulsés par l'angoisse. Étais-je capable de le tuer? Pas si sûr. Entre mes doigts, le pistolet tremblait. Je priai pour qu'il mette ça sur le compte de la rage et non de la peur.

À cet instant, je ne pensais plus qu'à Jeremiah en danger et à Lucas blessé. J'étais certaine cependant que, si le rictus narquois du petit homme réapparaissait, il me serait plus facile de presser sur la détente.

— Lâchez-le, Lucy, dit Marie calmement. Et posez cette arme.

Je l'ignorai.

— Vous savez forcément quelque chose, insistai-je en appuyant plus fort sur le menton de Ronny. D'où teniez-vous vos renseignements sur le cottage?

— Un coup de fil sur mon portable, cracha-t-il, affolé. Un homme. Pour le reste, j'ai aucune idée d'où votre type se trouve ! Juré !

— D'où appelait votre interlocuteur?

— J'en sais foutre rien ! Sauf que c'était un numéro américain.

Il semblait vraiment terrorisé. C'était la première fois de ma vie que j'avais cet effet sur quelqu'un. Cela ne m'était pas d'une grande utilité. Le désespoir, ténébreux et étouffant, pointait, et c'est dans mon inquiétude pour Jeremiah que je puisai les forces nécessaires.

— Je vais compter jusqu'à trois, lâchai-je. Un.

— Libérez-le, Lucy! *Tout de suite!*

— Deux.

— Cúchulainn!

— Qui?

— Le Cúchulainn. C'est un pub de Londres! C'est la seule fois où je l'ai rencontré. J'en sais pas plus. Pitié! Ne tirez pas!

Ronny était si pitoyable, sa supplique avait sonné avec une telle véracité que, soudain, l'émotion en moi dépassa la colère. La honte me submergea, et je fixai l'arme entre mes doigts. Je la lâchai, et elle tomba sur le sol avec un bruit sourd. J'avais envie de vomir. Dans une brusque explosion de cris, des mains se plaquèrent de nouveau sur mes épaules. On m'arracha à ma victime avant de m'obliger à m'allonger sur le sol. Indifférente au vacarme, d'où émergeaient les piaillements de Ronny, je me laissai menotter sans résister et sombrai dans l'abîme de mon désespoir.

Secouée par des sanglots, je fermai les yeux et me focalisai sur la fraîcheur du sol sous ma joue. Malgré moi, la terreur pure que j'avais vue dans les prunelles de Ronny continuait de me hanter. J'étais mortifiée par mon comportement. Comment avais-je pu être aussi *hors de moi*, au sens littéral du terme? Sans même parler des conséquences de mes actes.

— Je réclame une protection! jacassait Ronny. S'il apprend que j'ai craché le morceau…

— Emmenez-le en salle d'interrogatoire ! ordonna Marie d'une voix acide. Je me charge de la fille.

Deux costauds me remirent sur pied, et je luttai pour conserver l'équilibre, ce qui ne fut pas facile, avec mes bras attachés et ma cheville douloureuse. Maintenant que l'énergie de la fureur m'avait désertée, la douleur se réveillait, plus intense.

— Je n'aime pas qu'on me joue ce genre de tour, Lucy ! assena Marie.

Je m'attendais à être jetée dans une cellule. À ma surprise, les gardes se contentèrent de me ramener dans la pièce où Lucas était assis. Marie rendit son arme à Anderson.

— Évitez que ça se reproduise !

La femme rougit et pinça les lèvres.

— Regagnez votre poste, poursuivit la responsable d'Interpol. Nous nous occupons d'elle.

On me fit asseoir sur une chaise. Debout, Lucas s'agrippait à une table. Il voulut s'approcher, mais en fut empêché.

— Qu'est-ce que vous lui avez fait ? demanda-t-il.

— Du calme, Loki. Détendez-vous. Nous l'avons juste menottée pour éviter d'autres bêtises.

Embarrassée, je baissai la tête. J'étais au bord des larmes, mais j'en avais trop versé ces derniers temps ; et puis, je n'avais aucune raison m'apitoyer sur mon sort. Après tout, j'en étais entièrement responsable.

Marie sortit avec ses agents, et Lucas s'assit tout près de moi. Morte de honteuse, je continuai de ne pas le regarder. Il laissa s'écouler un long moment avant de parler.

— Je devrais réussir à vous débarrasser de ces menottes, si vous voulez, me proposa-t-il.

Je ne répondis pas et serrai les genoux.

— Quoi que vous ayez fait dans ce couloir, reprit-il avec tendresse, ce n'est pas votre faute.

— Ah ouais? ripostai-je, mauvaise, en le toisant. J'ai fauché son flingue à Anderson pour en menacer Ronny. C'est la faute à qui, à votre avis?

— Vilaine fille! se moqua-t-il en arquant des sourcils surpris.

Comme je ne réagissais pas à sa plaisanterie, il soupira et enchaîna :

— Réfléchissez, Lucy. Auriez-vous agi ainsi si Rush ne vous avait pas mis dans cette situation?

Là encore, je gardai le silence, peu sensible à l'argument. Le silence s'installa.

— A-t-il dit quelque chose, au moins? demanda mon voisin.

Je secouai la tête et déglutis, le cœur lourd.

— J'ai peur, soufflai-je.

Cet aveu eut l'effet d'une bonde qu'on retire. Je hoquetai et fondis en larmes. Lucas me serra alors contre lui, et je me transformai en fontaine intarissable, pleurant encore et encore, incapable d'apaiser mes doutes et de gommer de mon esprit les traits terrorisés de Ronny.

Nous ne revîmes pas Anderson. En revanche, Marie revint au bout de deux heures, accompagné des gardes qui m'avaient maîtrisée.

— Laissez-moi vous soulager un peu, lâcha-t-elle.

Je me levai sur mon bon pied, soutenue par un agent, et elle déverrouilla mes menottes. J'étirai mes membres engourdis, mais mon répit fut de courte durée car elle me menotta de nouveau, cette fois les bras devant moi. Je soupirai, mais ne dis pas un mot, soucieuse des conséquences de mes actes.

— Nous avons quelques pistes, daigna révéler Marie. Une équipe a déjà été envoyée dans le pub mentionné par Ronny – qui s'est par ailleurs refermé comme une huître après votre brillante intervention, se bornant à sans cesse réclamer une protection. Bref, nous faisons avec le peu que nous avons.

— Vous ne vous joignez pas à votre équipe?

— Non. Contrairement à ce que vous pourriez croire, je n'opère pas sur le terrain. Mais rassurez-vous, je serai immédiatement tenue au courant s'ils trouvent quelque chose.

— Qu'en est-il de l'agent Anderson? intervint Lucas.

— Elle a actuellement regagné son unité, répondit Marie, en dépit du regard suspicieux qu'elle adressa à l'aîné des Hamilton.

— Elle ne va pas avoir d'ennuis, hein?

Je serais désolée si mes actes irréfléchis la mettaient en difficulté.

— Ce n'est pas à moi d'en décider. De toute façon, vous êtes ici, et elle ailleurs. Tenez-vous tranquille, mademoiselle Delacourt, sinon je risque de me montrer moins accommodante.

Sur ce dernier avertissement, elle quitta la pièce avec ses hommes. Je secouai mes mains menottées.

— Je suis dans la panade pour de bon, n'est-ce pas? commentai-je avec un soupir.

— Courage, bouton d'or. Nous sommes vivants.

— Et Jeremiah?

Lucas sombra dans le silence. Je tentai une diversion afin d'alléger l'atmosphère.

— Alors, que ferez-vous quand tout cela sera terminé?

— Je m'efforcerai de ne pas mourir?

Je lui jetai un coup d'œil agacé, et il haussa les épaules.

— Tout dépendra de l'intérêt que les autorités montreront pour les renseignements que je leur fournirai, reprit-il. Mon sort oscille entre une peine de prison et une intégration dans le programme de protection des témoins du FBI.

— Une nouvelle vie? Une deuxième chance?

— Ha! ricana-t-il, amer. Le programme m'obligera à mener une existence monotone afin de ne pas attirer l'attention sur moi. Je finirai sûrement comme comptable. J'en serais presque à préférer la taule à la banlieue.

— Ça n'est sûrement pas aussi affreux. Vous vous y habituerez peut-être?

— Une idée qui me terrifie encore plus! Vous avez vraiment piqué son arme à Anderson?

Il semblait amusé.

— Pourquoi? Vous la connaissez bien?

— Oh, elle et moi nous sommes rencontrés il y a des années, mais je doute qu'elle se souvienne de moi. Rien de tel que les vieilles histoires.

— Hé! protestai-je. Racontez-moi ça! Vous ne pouvez pas balancer ça et puis…

Je m'interrompis, car les lumières venaient de s'éteindre.

— Que se passe-t-il? sursautai-je. Une coupure de courant?

— Non, le chauffage fonctionne. Allez vérifier à la fenêtre.

J'obtempérai en sautillant à travers la pièce.

— Je ne vois rien, dis-je.

— Alors, renseignez-vous auprès du type qui garde la porte…

Il se tut, cligna des paupières.

— Vous ne vous sentez pas très fatiguée, tout à coup? marmonna-t-il.

Il avait raison. J'avais l'impression que mes jambes étaient en plomb, comme enracinées sur place. Je me baissai avec difficulté afin de ramasser ma béquille et entrepris de gagner la porte. Comme j'étais menottée, ce ne fut pas une tâche facile. J'y parvins néanmoins et entrouvris le battant.

Deux hommes gisaient au sol, immobiles, alors qu'un troisième rampait lentement vers le bout du couloir. L'un des gardes affectés à notre surveillance était affaissé le dos au mur; son collègue manquait à l'appel. Le cœur battant la chamade, je claquai la porte.

— Merde! jurai-je d'une voix bizarrement aiguë.

— Éloignez-vous!

Je tentai d'obéir, mais ma béquille se prit dans les pieds de la table et je faillis m'étaler par terre. La tête de Lucas dodelinait contre le dossier de son fauteuil, comme s'il n'avait plus la force d'en supporter le poids.

— Bordel de Dieu! grommela-t-il en me dévisageant avec des yeux écarquillés.

La fenêtre était condamnée. Impossible d'aérer la pièce. En dépit de l'engourdissement de mon corps, je réussis à me saisir d'une chaise que je balançai dans la vitre. Elle rebondit sans la casser avec un élan qui me l'arracha des mains. Incapable de rester debout, je m'écroulai sur le sol, en plein sur ma cheville blessée. La douleur fut telle que je manquai de perdre connaissance.

Je tentai de rouler sur le ventre, mais mon corps ne répondait plus. Lucas était engoncé sur son fauteuil et battait des paupières de façon erratique dans sa lutte pour résister aux effets du gaz qui, avait vraisemblablement été répandu dans tout l'immeuble.

J'entendis soudain la porte s'ouvrir, puis des bruits de pas. Une main gantée m'attrapa par le bras, me retourna sur le flanc, et je découvris un masque à gaz. J'éprouvais un ultime pic de frayeur avant de sombrer dans les ténèbres.

4

Je repris conscience en grelottant, comme si j'avais été couchée sur un lit de glace. Mes poignets n'étaient plus attachés, mais l'obscurité m'environnait. Au-dessus de moi, j'apercevais l'aube teinter les nuages d'un bleu sombre destiné à s'éclaircir, sans pour autant offrir assez de lumière pour que je puisse me repérer. Je posai la main sur le sol à côté de ma tête, et sentis des pavés rugueux sous ma peau, humides et froids, recouverts d'un givre hivernal.

— Ah ! Enfin réveillée. Je me demandais combien de temps ça allait durer.

Cette voix déclencha en moi des frissons qui ne devaient rien à l'air nocturne. Tremblant sous l'effet d'émotions autrement plus mordantes que la fraîcheur, je me mis à genoux et découvris Alexander Rush debout près de moi. Il m'observait calmement, son visage ne laissant rien percevoir de ses pensées.

Alors que je tentai de me relever, je sentis quelque chose qui entravait ma cheville intacte. N'y voyant rien dans le noir, je tendis le bras. Mes doigts palpèrent alors une chaîne épaisse fixée à un fer. Je tirai dessus afin d'en tester la résistance et, dans un fracas métallique, un objet roula vers moi en cahotant : un boulet, plus gros que mon poing, soudé aux chaînons attachés à mon pied. Il était assez lourd pour m'empêcher de me déplacer avec aisance, mais pas assez pour que je puisse pas le traîner.

Hum... mauvais signe.

— Le bon vieux boulet de forçat. Plutôt bien vu, non?

Son ton désinvolte me tapa sur les nerfs, m'offrant ainsi l'énergie nécessaire pour repousser mes peurs.

— Qu'est-ce que vous voulez, Rush?

— Oh! On ne supplie pas pour sa vie? Quel changement bienvenu!

Rush s'approcha de moi, ses semelles chuintant sur les pavés mouillés, puis il s'agenouilla afin de se mettre à ma hauteur. Pareille proximité – j'aurais pu le toucher – ne parut pas l'inquiéter. En même temps, il me répugnait tellement que j'eus du mal à ne pas avoir un mouvement de recul.

Impossible de savoir où nous nous trouvions, mais des parapets de part et d'autre de la chaussée m'incitèrent à penser que nous étions sur un pont. En tendant l'oreille, je perçus le bruit de l'eau. Les alentours étaient noyés dans le brouillard, à l'exception d'une lampe allumée sur la droite du passage. Je crus aussi distinguer un halo un plus loin, mais la légère pente du terrain et ma position m'en cachaient la source.

— Ce que je veux est très simple, ma chère. Je veux que vous fassiez un choix, rien de plus, et vous serez libre.

Libre? Je le fixai d'un air soupçonneux, ce qui ne sembla guère le perturber.

— Quel genre de choix? demandai-je.

À cet instant, un cri étouffé retentit non loin de nous, comme si quelqu'un essayait de parler à travers un bâillon. Une bouffée d'agacement traversa brièvement les traits de Rush, qui reprit cependant vite contenance.

— Un instant, je vous prie, dit-il, presque poliment.

Il se redressa et se dirigea de l'autre côté de la rue. Le suivant des yeux, je distinguai une silhouette qui rampait sur la chaussée. Rush releva brutalement l'homme à terre et revint vers moi en le traînant. Un sac en toile dissimulait son visage, une grosse pierre était attachée à sa cheville. Ses mains étaient menottées dans son dos, ses pieds entravés par une chaîne. Sans ménagement, et malgré les cris de protestation qui émanaient de sous le sac, Mon cœur se serra quand Rush posa la pierre sur le muret. Se tournant vers moi il découvrit le visage de l'inconnu avec un sourire cruel.

— Une de vos connaissances, non? me lança-t-il.

Incapable de parler, je plaquai une main sur ma bouche. En dépit de la pénombre, je n'eus aucun mal à déceler la terreur qui animait les prunelles de Ronny. Malgré son bâillon, ce dernier essayait de parler et n'émettait que des grognements inintelligibles. Rush désigna la pierre.

— Je ne m'attendais qu'à trois prisonniers. J'ai été obligé d'improviser avec ce qui me tombait sous la main. Alors, qu'est-ce que cette balance vous a révélé? L'adresse de ma planque? Mon numéro de téléphone?

Il s'interrompit, toisa le petit homme tremblant.

— Peu importe, ajouta-t-il. Mais quel dommage! Il est si difficile de trouver de bons collaborateurs, de nos jours.

Oh mon dieu! Non!

À présent, Ronny hurlait derrière son bâillon dans un effort désespéré pour plaider sa cause. En vain. D'un coup de pied, le demi-frère des Hamilton balança la pierre dans le vide et poussa Ronny en arrière, qui, pieds et mains liés, dans l'impossibilité de s'agripper nulle part, bascula dans le vide avec un cri qui se perdit dans l'obscurité. Il y eut un bref silence, suivit du bruit du corps tombant dans l'eau. Rush se pencha par dessus le parapet avant de se redresser, apparemment satisfait.

— À qui le tour? demanda-t-il ensuite.

Je sentis l'affolement me gagner et menacer de m'étouffer. Choquée, je ne pouvais que contempler l'endroit désormais vide où Ronny s'était tenu quelques instants auparavant.

— Votre amant, peut-être? continua Rush. Le petit cadet, toujours en quête d'attention.

Pétrifiée, je vis Rush s'approcher d'une forme immobile roulée en boule sur le sol, à quelques mètres de là, au pied du muret. Là encore, un gros bloc était posé sur le parapet, plus imposant que le boulet qui me retenait. La lumière montante du jour me permit d'apercevoir la chaîne qui le reliait à la silhouette inconsciente.

— Eh oui, reprit Rush en tâtant le corps du bout du pied. Mon grand frère Jeremiah. Il a finalement appris à se taire quand je parlais, même s'il lui a fallu quelques leçons pour ça.

Jeremiah devait être dans un sale état. Sinon, il aurait réagi depuis longtemps. Je me relevai lentement. La brume était si dense que je ne distinguais même pas les extrémités du pont. Je fixai Rush qui esquissa un mince sourire.

— La rivière n'est pas profonde, ici. Même pas trois mètres. Mais c'est largement suffisant pour ce que j'ai à faire. Alors, qu'en pensez-vous, dois-je envoyer mon cher frère par le fond?

J'essayai de parler, je ne parvins qu'à gémir. Je déglutis, inspirai une goulée d'air en tremblant, recommençai:

— S'il vous plaît, Rush…

— Ainsi, c'est toi le bâtard de mon père?

Rush se figea. Je me retournai. À l'autre bout du pont, une autre silhouette se redressait lentement. Lucas. Sa voix était si ferme qu'on n'aurait jamais cru qu'il avait été blessé. Comme moi, seule l'une de ses jambes était entravée.

— Ma mère était au courant de ton existence, reprit-il. Elle ne s'est pas préoccupée de ce que nous pouvions entendre quand elle a affronté mon père à ce sujet. Avant de lui imposer le silence à coups de poing, il a quand même promis de régler le problème. Je me suis toujours demandé comment il s'y était pris.

— Ça alors! ricana l'autre. Vous saviez. Et vous ne m'avez jamais cherché. Très intéressant.

— Je doute que tu sois le seul enfant illégitime de notre cher père. Mais si tu crois que notre enfance a été meilleure que la tienne, détrompe-toi. Je peux même dire que tu as eu de la chance de ne pas vivre sous le même toit que ce fils de pute.

— Ah oui? répondit Rush sur le ton de la conversation. As-tu eu toi aussi l'occasion de voir ton père assassiner ta mère?

La désinvolture avec laquelle il avait énoncé les faits imposa un long silence à Lucas.

— Il a … ? finit-il par demander.

— Elle s'était mis en tête de révéler mon existence à la presse. Nous étions pauvres, les journalistes n'hésiteraient pas à nous donner de l'argent pour avoir l'exclusivité de notre histoire. Ma mère lui a demandé de venir, mais elle m'a caché dans un placard – elle voulait que je le voie, mais elle avait peur qu'il m'enlève. Ils se sont disputés, il l'a frappée. Résultat, elle lui a balancé l'histoire de la presse comme un ultimatum. Il l'a étranglée.

Rush haussa les épaules. Son récit était posé, neutre, comme s'il racontait un détail anodin de sa vie.

— Je n'avais que sept ans, reprit-il. Ce n'est que beaucoup plus tard que j'ai découvert l'identité de Rufus. À l'époque, ça ne m'était plus d'aucune utilité.

Il s'interrompit un instant, le temps de nous laisser digérer toutes ces informations, avant de poursuivre :

— Elle était très jolie. Brune aux yeux bleus. J'ai conservé sa photo plusieurs années, jusqu'à ce qu'une de mes familles d'accueil la brûle devant moi.

La froideur avec laquelle il s'exprimait me fit frissonner.

— J'ai tué mon premier homme à douze ans, continua-t-il. Les flics n'ont pas insisté, car il m'avait violé. Ils ont classé mon dossier. J'étais mineur. Le temps que j'apprenne tout ce que je devais savoir pour enfin pouvoir me venger, celui qui m'avait condamné à ce destin était mort.

Un nouveau silence s'installa. Lucas se racla la gorge.

— Tu as raison, dit-il lentement, en comparaison, nous avons vécu une enfance bénie.

Sur ce, il s'effondra, visiblement très affaibli par sa blessure.

Je commençai à ressentir pour notre ravisseur une sorte de compassion, mais je l'étouffai aussitôt. Je me tournai vers Jeremiah, qui n'avait pas bougé depuis un moment. J'ignorais jusqu'à quel point il était blessé. Seuls de faibles mouvements de sa tête attestaient qu'il était encore en vie. La lumière de l'aube naissante ne me permettait pas de distinguer ses traits, juste la masse de son corps affaissé. Toutefois, à un moment, il ouvrit les yeux. Quand son regard croisa le mien, le soulagement me fit monter les larmes aux yeux

— Enfin, reprit soudain Rush, nous ne sommes pas ici pour parler du bon vieux temps. Il s'agit du choix que vous allez opérer, Lucy, ajouta-t-il en s'adressant directement à moi, dédaignant Lucas.

— Quelles sont mes options? ripostai-je en le toisant et en m'efforçant de contenir mes émotions.

— Deux d'entre vous survivront à cette nuit, exposa calmement Rush. Je leur accorderai un jour de plus à vivre. À vous de me dire qui va mourir.

J'en restai sans voix. Mes lèvres remuaient mais rien de ce que j'aurai pu dire ne changerait l'horreur de la situation.

— Un seul peut vivre? finis-je par souffler.

— Oui. L'un de ces deux messieurs partira avec vous sur ses pieds, l'autre ira prendre un bain dans la Tamise. Quant à vous, gentlemen, inutile de décider pour elle. Si l'un de vous s'y risque, tout le monde y passe. C'est à votre amie commune de s'y coller. Entendu?

— Non!

L'objection tenait plus de l'éructation que de la parole. Mais c'était la première fois que Jeremiah se manifestait.

J'émis moi-même une sorte de miaulement de désespoir quand je le vis se redresser péniblement et déraper sur les pavés glissants. Ses mains étaient noires, et quelque chose me dit que la flaque sombre qui s'étalait sous lui n'était pas de la boue.

— Mais si, rétorqua Rush comme s'il s'adressait à un enfant capricieux. Mais n'allez pas croire que je laisserai vivre l'heureux élu très longtemps. Un jour, je le répète.

Il se retourna vers moi.

— Ma chère, vos deux hommes ont besoin de soins urgents. Il conviendrait que vous vous décidiez rapidement.

Il était à peine plus âgé que moi et, pourtant, le mal absolu que se dégageait de toute sa personne me fit froid dans le dos. Rush se tenait si près de moi que j'aurais pu sans peine me jeter sur lui. Le boulet qui m'entravait n'aurait pas représenté de véritable difficulté en temps normal ; malheureusement, pour agir, il faudrait que je prenne appui sur ma cheville blessée. Impossible. Le risque que je m'effondre était trop grand.

Un moment s'écoula, et Alexander poussa un soupir.

— Aah, j'ai l'impression qu'il va me falloir vous motiver un peu.

Se postant au milieu du pont, il tira un long pistolet de sous sa veste et le pointa sur Jeremiah.

— Un, décompta-t-il.

J'étais consciente qu'il ne servirait à rien de supplier, mais je tombai à genoux, sans prêter attention à la dureté des pavés ou à la douleur fulgurante à ma cheville. J'étais sur le point de tout perdre, quel que soit le choix que je fasse.

— Deux, enchaîna Rush en visant Lucas, cette fois.

— Moi. C'est moi qui dois mourir.

Rush hésita, puis lâcha :

— Vous ne faites pas partie des choix envisageables.

— Je suis sérieuse. Réfléchissez un instant !

La fermeté de ma voix me surprit moi-même. J'humectai mes lèvres sèches avant de poursuivre :

— Ils m'aiment tous les deux. Vous pourrez toujours vous venger plus tard. En attendant, ils souffriront.

Rush me fixa pendant un moment, puis sa bouche s'étira en ce qui aurait pu être un sourire.

— D'accord, conclut-il. Allez-y. Jetez-vous par-dessus le parapet.

Je me raidis. Proposer de se sacrifier est une chose, passer à l'acte en est une autre.

— Me jurez-vous de les laisser tranquilles si j'obéis ? demandai-je d'une voix tremblante.

— Non ! rétorqua-t-il sèchement. Mais, ajouta-t-il après une brève hésitation, vous avez été convaincante.

— Au moins, insistai-je, vous ne les exécuterez pas sur ce pont ?

Le carcan de pure terreur qui m'avait jusque-là figée laissa la place à des spasmes qui menaçaient de me faire m'effondrer.

— Peut-être, répondit Rush. Vous n'obtiendrez aucune garantie de moi, sinon celle que je vous liquiderai tous les trois ici et maintenant si vous ne vous décidez pas.

Je baissai les yeux sur le boulet à mon pied, en évaluai le poids, puis me mis à boitiller en direction du parapet en le traînant derrière moi. Bien qu'il ne soit pas aussi lourd que je l'avais d'abord estimé, il l'était suffisamment pour m'entraîner au fond de l'eau. Jamais je ne réussirais à nager avec ça à mon pied.

Du coin de l'œil, j'aperçus Jeremiah ramper vers moi.

— Lucy…

Sa supplique me brisa le cœur. Mais je ne pus me résoudre à le regarder. Je n'avais pas envie de mourir ; pourtant, je trouvai la force de traverser le pont et de soulever le boulet. Jeremiah m'appela de nouveau, avec plus de force, et les larmes roulèrent sur mes joues. J'entendis sa chaîne cliqueter, signe qu'il s'entêtait à vouloir me rejoindre. Puis, plus rien.

Lentement, je me hissai sur le muret, où je m'immobilisai sous l'emprise de la peur. Quelque part, une mouette criailla, annonçant l'aurore. Les yeux rivés sur l'eau noire, je tentai de rassembler le courage de sauter.

Dans mon dos, Rush claqua la langue avec impatience.

— Vous avez besoin d'un peu d'aide… ? commença-t-il.

— POLICE ! ON NE BOUGE PLUS !

De chaque côté du pont, des projecteurs s'illuminèrent, suffisamment loin pour ne pas m'aveugler, assez proches toutefois pour éclairer la scène. À moins de trois mètres de moi, Jeremiah gisait à terre, couvert de sang. Rush tourna la tête à droite et à gauche, sa bouche se pinça en une fente étroite.

— Ça m'étonnerait, marmonna-t-il.

Tirant un boîtier de sa poche, il appuya sur un bouton. Aussitôt, deux explosions se produisirent de part et d'autre de l'endroit où nous nous tenions. Des flammes jaillirent, baignant le ciel de jaune et noyant la lumière des projecteurs de la police. Le vieux pont oscilla.

Sous l'impact et les secousses, je manquai de tomber de mon perchoir. Battant des bras, je flanchai sur le rebord avant de basculer en arrière et d'atterrir lourdement sur les pavés. J'en eus le souffle coupé. Désorientée, je tentai de recouvrer ma respiration. À la périphérie de mon champ de vision, j'entrevis Rush qui se précipitait vers Jeremiah.

Toussant encore, je roulai sur le flanc. Mais Rush me vit et, d'un coup bien ajusté, il expédia par-dessus bord le bloc attaché à la jambe de son demi-frère. Le cri de souffrance rauque de Jeremiah me transperça. Ses jambes suivirent le mouvement du poids, et il fut soulevé du sol, entraîné par-dessus le parapet. Ses mains se refermèrent sur le vide, cherchant désespérément quelque chose à quoi se raccrocher. Poussant un hurlement à mon tour, indifférente à ce qui pouvait arriver, j'en appelai à tout ce qui me restait de forces et me ruai vers lui.

Ma hanche heurta violemment le haut du muret, et je me jetai vers les bras tendus de Jeremiah. Je réussis à saisir sa chemise en lambeaux et trempée de sang, interrompant sa chute. Cela lui suffit pour s'agripper au parapet. Je m'emparai de tout ce qui me tombait sous la main afin d'empêcher sa chute. Sa peau glissait, ce qui rendait l'opération encore plus difficile mais il avait pu hisser ses bras et ses épaules sur le rebord en pierre.

Rush avança d'un pas, au moment même où retentissait le vrombissement assourdissant d'un hélicoptère à l'approche. Je ne me retournai pas, concentrée sur ma tâche. Jeremiah, en revanche, regarda droit dans les yeux son demi-frère qui s'agenouilla près de nous.

— Vous aviez raison, dit-il. Votre mort les atteindra plus que tout.

Dans le ciel, le projecteur dont était équipé l'appareil nous balaya, soulignant les ombres du visage de Rush. Son sourire déjà sinistre prit un aspect de celui d'un dément. Il pointa son pistolet sur moi.

En entendant le déclic du chien libéré, je fermai les paupières avant de les rouvrir aussitôt pour contempler Jeremiah. La beauté de ses traits était altérée par les traces des coups que lui avait assenés Rush et le sang qui coulait de ses plaies. Mais ses prunelles vertes luisaient avec toujours autant d'intensité et, dans l'impuissance qu'elles trahissaient, je vis ma mort toute proche.

À cet instant, un cliquetis de chaîne résonna. Surpris, Rush pivota.

— Qu'est-ce que…

Brutalement percuté, il alla s'écraser contre le parapet, à deux pas de nous. J'eus le temps d'apercevoir des cheveux bruns et un visage familiers, puis un coup de feu retentit. Lucas et son adversaire s'écrasèrent sur le flanc. La secousse fit sauter le poids attaché à l'aîné des Hamilton sur le mur. Soudain, le projecteur fit une embardée, nous plongeant dans le noir, mais j'entendis des bruits de lutte, puis un second coup de feu.

Rush et Lucas se redressèrent, alors que le faisceau de lumière se posait de nouveau sur nous. Ce fut peut-être un accident, peut-être le hasard. Quoi qu'il en soit, le poids en équilibre sur le parapet bascula dans le vide. Muette de terreur, je vis les deux hommes passer à leur tour par-dessus bord.

Je hurlai mais aucun son ne sortit de ma gorge. Des rafales de vents firent voler mes cheveux, des cris retentirent. Tout à coup, des mains agrippèrent Jeremiah et le hissèrent sur le pont. Je continuai de m'accrocher à lui, même quand le poids s'abattit sur les pavés dans un fracas métallique.

Quelqu'un détache doucement mes doigts de la chemise maculée. Alors seulement, je libérai les sanglots venus du plus profond de mon être. Je titubai en arrière, laissant la place aux secouristes qui s'affairaient autour du corps maintenant inanimé de Jeremiah. Ce ne fut que lorsqu'on m'enroula dans une couverture que je me rendis compte que je tremblais de tous mes membres.

L'hélicoptère s'était posé sur le pont. Comme détachée de tout, je reconnus Marie qui en descendait et courait dans notre direction. Elle examina d'abord Jeremiah, puis vint vers moi.

— Allons vous mettre au chaud, finit-elle par dire gentiment en me prenant par la main.

Incapable de bouger, je regardai l'équipe médicale transporter Jeremiah sur un brancard.

Une seconde couverture vint se poser sur la première. Je ne réagis pas.

— L'explosion a détruit une bonne partie de la route, expliqua Marie. Impossible de faire passer des véhicules, mais nous devrions pouvoir passer à pied.

Je détournai légèrement la tête, découvris une silhouette solitaire qui scrutait la rivière, en bas. Anderson observait l'endroit où Lucas et Rush étaient tombés. J'avançai vers elle de quelques pas.

— Vous le connaissiez bien, n'est-ce pas? soufflai-je.

Elle ne répondit pas tout de suite, se contentant d'acquiescer.

— Une opération d'infiltration qui a raté, il y a trois ans, daigna-t-elle ensuite détailler. Il était là.

Ce que j'avais soupçonné se confirmait. Si je ne distinguais pas le visage de la femme, caché dans l'ombre, la rigidité de sa posture en disait long. Nous partageâmes un moment de silence.

— C'était un homme bien, murmurai-je enfin.

Les secouristes s'éloignaient, chargés du brancard où reposait Jeremiah. Il était temps que je m'en aille.

— Le meilleur, renchérit-elle.

J'hésitai, presque désireuse d'en apprendre plus, mais décidai de ne pas insister. Chacun a droit à ses secrets. Et, finalement, ça n'avait plus d'importance.

Handicapée par ma béquille, j'eus pas mal de difficultés à franchir les dégâts provoqués par les bombes de Rush. Il fallut même que l'un des agents les plus solides me porte sur les derniers mètres. Pas un instant je ne quittai des yeux le brancard de Jeremiah et je pus monter dans l'ambulance qui nous ramena à l'hôpital.

5

La presse se délecta des événements. Les journaux évoquaient les bombes, des théoriciens de la conspiration débattaient en ligne des responsabilités des uns et des autres, mais nous fûmes heureusement épargnés par le battage médiatique. Les forces de l'ordre ne révélèrent pas nos noms, une bénédiction que je n'appréciai sur le moment pas à sa juste valeur.

Il fallut à Jeremiah deux cent onze points de suture pour réparer les dégâts – internes et externes – qu'il avait subis. Rush s'était véritablement acharné ; il avait veillé à ce que certaines cicatrices ne s'effacent jamais. Trois jours après avoir été transporté à l'hôpital, Jeremiah n'avait toujours pas repris conscience, et j'avais l'impression de sombrer peu à peu dans la folie. Je le veillai, profitant de cette soudaine accalmie, mais inquiète, et souffrant qu'il ne puisse me rassurer par son étreinte.

Les divers services de la police et les avocats de la famille Hamilton réglèrent nos petits problèmes de passeports. L'agent Atwater, l'homme qui était venu me cueillir à l'aéroport de Londres, passa deux fois en coup de vent afin de me tenir au courant : Jeremiah étant dans le coma. Mes papiers américains furent récupérés et je fus autorisée à regagner les États-Unis. Je me gardai cependant de regarder les informations ou de porter mon attention sur quoi que ce soit qui pouvait se passer en dehors des soins intensifs.

À présent que le danger avait disparu, je n'avais plus qu'une envie : oublier. Plus facile à dire qu'à faire…

Les deux premières nuits, je dormis dans un hôtel à côté de l'hôpital. Des cauchemars agitaient mon sommeil, sombres rêves dont je ne me souvenais plus au matin. Je me réveillais dans la solitude obscure de la pièce couverte de transpiration, un cri au bord des lèvres. La fatigue due aux insomnies rendait les journées à peine supportables, au point que j'avais parfois une folle envie de m'enfuir. L'immobilité de Jeremiah n'arrangeait rien, je me sentais comme une maison sans fondations. Je n'adressais la parole à personne, attendant patiemment qu'il reprenne connaissance.

Le troisième jour, Georgia Hamilton fit son arrivée à l'hôpital. Je m'effaçai à son profit – elle était tout de même la mère de Jeremiah ; je doute, au demeurant, que j'aurais pu l'arrêter. Elle m'ignora complètement, et entreprit de questionner les infirmières, et d'exiger des explications auprès des médecins sur l'état de son fils. Son visage me parut plus ridé que dans mon souvenir, à croire qu'elle avait vieilli de dix ans. En revanche, elle était aussi revêche que lors de notre dernière rencontre. La perspective de perdre un enfant excuse bien des comportements.

Alors que Georgia s'était absentée, occupée à organiser le rapatriement immédiat de Jeremiah, la main de Jeremiah dans laquelle j'avais glissé la mienne tressaillit puis serra mes doigts. Je relevai brusquement la tête et fondis en larmes : deux prunelles vertes me fixaient en clignant des paupières. Bouleversée, je me retrouvai à court de mots.

— Salut.

— Salut.

Sa voix était rouillée, ses traits fatigués et tirés, mais il était réveillé. Me levant de ma chaise, je lui versai un verre d'eau et lui donnai à boire, car sa bouche semblait desséchée. Je désirais tellement le prendre dans mes bras. Mais j'avais vu ses blessures, et mon étreinte n'aurait provoqué que des douleurs supplémentaires. Je me contentai de caresser du dos de la main sa joue et sa tempe recouvertes de pansements, heureuse de pouvoir le toucher.

De nouveau, il serra mes doigts, un minuscule sourire relevant la commissure de ses lèvres. Il referma les yeux alors que j'appuyais sur le bouton d'appel de l'infirmière.

Le trajet de retour s'effectua dans le jet privé de la famille Hamilton – que j'avais emprunté moins de deux mois auparavant entre New York et Paris. Ce vol-ci fut cependant d'humeur plus sombre. Sans compter un nombre plus élevé de passagers, puisqu'une équipe médicale veillait sur Jeremiah. Georgia ne manqua pas d'exprimer sa désapprobation de me voir au côté de son fils, me qualifiant d'intruse et m'accusant de gêner.

— Elle reste.

Ces deux mots prononcés d'une voix rude aux accents douloureux la firent taire. Soulagée, je décidai de ne pas prêter attention à sa colère pourtant palpable.

Le retour sur le sol américain fut moins heureux. Jeremiah fut installé dans son appartement de Manhattan, dans la mesure où il était beaucoup plus proche de l'hôpital que sa résidence des Hamptons. Malgré mon aversion pour sa mère, je dois avouer qu'elle se montra à la hauteur. Domesticité, visites des médecins et des kinés à la maison, elle organisa le tout avec une remarquable efficacité… sans oublier d'insister pour rester sur place, histoire de veiller au grain. Elle m'exila dans la chambre d'amis, à l'opposé de la suite de Jeremiah. N'étant pas en état de protester, je laissai faire.

Deux jours après notre retour, Marie nous rendit visite. Ce fut moi qui l'accueillis à la porte. Elle avait l'air plus détendue et alla jusqu'à me sourire quand nous échangeâmes une poignée de main.

— Vous en avez parcouru, du chemin, fis-je remarquer.

Je m'étonnai moi-même du plaisir que j'avais à la revoir.

— Le téléphone ne suffit pas, pour certaines nouvelles, se justifia-t-elle en inspectant l'immense appartement. Comment va Jeremiah ?

— Son état s'améliore progressivement. Il est encore confiné au lit, ce qui lui déplaît, mais ça va mieux.

— Et vous ?

Je réfléchis puis, haussant les épaules, lâchai :

— Aussi bien qu'on pouvait l'espérer, j'imagine.

Nous entrâmes dans la grande chambre du rez-de-chaussée où était couché Jeremiah, son ordinateur portable posé sur le plateau du petit déjeuner placé au-dessus de ses jambes. Il referma l'appareil à notre arrivée et tendit la main à Marie.

— Je ne pensais pas vous recroiser, dit-il.

— J'avais à faire aux États-Unis. Ça ne coûtait rien de passer afin de vous donner les dernières nouvelles. Le cadavre de Rush a été repêché dans la Tamise hier.

Je retins mon souffle.

— Vous êtes sûre que c'est lui? demanda Jeremiah.

— Oui. Des premiers tests ADN ont montré des liens de parenté avec vous et votre frère. Nous en saurons plus d'ici quelque temps, dès que nous aurons rassemblé d'autres éléments sur sa personnalité et ses activités.

— Et Lucas? murmurai-je.

Du coin de l'œil, je vis que Jeremiah se raidissait.

— Rien encore, mais comptez sur moi pour vous avertir dès qu'il y aura du nouveau.

Marie s'interrompit un instant avant de poser une de question:

— Vous souvenez-vous si un objet était... attaché à Rush quand il a basculé dans le vide?

Je consultai Jeremiah du regard.

— Non, expliquai-je à Marie, il était libre de ses mouvements. Seuls Lucas et Jeremiah avaient des poids aux pieds. Pourquoi?

— Apparemment, quand on l'a trouvé, Rush avait quelque chose autour du poignet. Pas une entrave comme celle que vous évoquez, cependant. Enfin, il est mort, et je tenais à ce que vous le sachiez.

— Puis-je vous offrir quelque chose à boire? m'enquis-je après un moment de silence, réalisant que je n'étais pas une très bonne hôtesse.

— Non, merci. Je suis attendue ce soir à Washington, il faut que je me sauve.

J'envisageai un instant de l'embrasser, puis me ravisai et me contentai de lui serrer cordialement la main.

— Merci de vous être donné la peine de venir jusqu'ici.

Elle me dévisagea, et ses traits perdirent un peu de leur dureté naturelle.

— Je suis contente que vous vous soyez tirée de ce mauvais pas, mademoiselle Delacourt.

— Pauvre Lucas, soupirai-je après l'avoir raccompagnée à la porte et être revenue dans la chambre.

Je m'assis au bord du lit et pris la main de Jeremiah.

— J'espère qu'il a survécu, ajoutai-je.

Mais entre son hémorragie interne et les coups de feu que j'avais entendus avant que les deux hommes tombent à l'eau, j'en doutais. Sans lui, le monde paraissait plus terne.

— Vous l'aimiez?

Je sursautai et lâchai Jeremiah. Sa question était amère, même s'il avait adopté un ton neutre et que son visage ne trahissait rien. Ma gorge se serra, je secouai la tête.

— Il a été là quand j'avais besoin d'un ami, et, maintenant, il est parti.

Jeremiah eut l'air de se satisfaire de ma réponse et se rallongea, paupières fermées. Les hématomes qui déparaient sa beauté m'affligeaient. Si j'ignorais ce que Rush lui avait vraiment infligé, j'étais consciente de la gravité de ses blessures. Ce seul spectacle me donnait envie de tuer une seconde fois ce salopard.

Soudain, une voix stridente retentit, en provenance du salon, et j'étouffai un gémissement alors que Georgia faisait irruption dans la pièce, flanquée de deux infirmières en blouses blanches.

— Mon chéri, dit-elle en embrassant la joue de son fils comme s'il était encore un petit garçon, ces dames sont là pour évaluer tes progrès. J'ai aussi fait venir quelqu'un pour nettoyer cette porcherie. Franchement, ma chère, côté ménage, vous êtes loin d'être efficace.

Cette dernière phrase m'était naturellement adressée et me piqua au vif. L'accusation avait beau être infondée, j'en fus mortifiée. Manquant de courage pour protester, je détournai la tête. Constatant que je ne me levais pas du lit, Georgia condescendit à me regarder et lança :

— Eh bien, qu'attendez-vous ? Ouste ! Faites places aux professionnelles.

— Ça suffit, mère ! intervint Jeremiah avec colère.

Je m'empressai d'obtempérer.

— Non, laissez-vous examiner.

Ravalant ma fierté et les mots qui me brûlaient la langue, je sortis d'un pas vif, la tête haute. Il me sembla entendre mon prénom, mais je ne m'arrêtai pas – il fallait absolument que je m'en aille. Les larmes menaçaient, et plutôt mourir que pleurer devant Georgia Hamilton.

Une équipe de femmes de ménage s'affairait dans le reste de l'appartement. Mon sentiment d'inutilité ne fit que croître quand je les vis épousseter et ranger ce qui aurait pu m'occuper les mains et l'esprit. Le penthouse n'avait nul besoin d'une pareille armée. Il avait été préparé pour le retour de son propriétaire bien avant notre arrivée – probablement par les mêmes domestiques, d'ailleurs. J'avais fait de mon mieux pour le maintenir aussi propre et ordonné que je le pouvais, et ce débordement d'activité mettait en lumière ce que j'avais pu négliger. Certes, je n'avais jamais été une fée du logis, mais je fus tout de même touchée dans mon orgueil.

J'étais assise sur un canapé à essayer de me faire toute petite quand Georgia ressortit de la chambre. Aussitôt, les femmes de ménage terminèrent leur tâche et la rejoignirent, s'apprêtant à quitter les lieux dans son sillage. La mégère me toisa avant de soupirer.

— Vous n'avez rien de mieux à faire que rester assise, à vous prélasser dans le canapé de mon fils? Je déteste l'idée qu'il puisse s'être entiché d'une arriviste telle que vous!

Sur ce, elle se dirigea vers la porte. Là encore, une réplique cinglante faillit m'échapper. J'avais envie de la faire se sentir aussi pitoyable qu'elle le faisait avec moi. Malheureusement, mon sens de la repartie n'était pas à la hauteur de la toxicité de ses paroles. J'aurais peut-être réussi à m'y hisser si j'avais eu le goût de l'insulte et du mépris. Mais ses attaques me laissaient toujours sans voix.

Il n'est pas possible ce soit l'image que l'on ait de moi dans cette maison!

Ma respiration s'accéléra, le sang me monta à la tête, tandis que ma poitrine se serrait. Prise d'un brusque besoin de bouger, *d'agir*, je me levai. Mais la détresse eut raison de moi. Une main sur la bouche, je m'écroulai près des tabourets de bar. J'en agrippai un tout en m'efforçant de contenir le flot d'émotions qui me submergeait. Saisie de vertige, je me contraignis à retrouver mon souffle et inspirai plusieurs grandes goulées d'air.

Je reconnaissais les symptômes d'une crise de panique. Mon cœur était serré dans un tel étau que c'en était presque douloureux, et je dus lutter pour ne pas me laisser complètement submergée.

Soudain, un léger bruit de pas me parvint, et Jeremiah m'appela. Je me raccrochai à sa voix et réussis enfin à décontracter mes poumons oppressés.

— Par ici ! lançai-je.

À mon grand agacement, mes intonations étaient tremblantes. Quand je me relevai, je le découvris qui me dominait de toute sa taille en fronçant les sourcils.

— Qu'est-ce que vous fichez par terre ?

— Je m'étirais.

Bien que détestant la facilité avec laquelle j'avais menti, il était hors de question de lui avouer la vérité. Encore secouée, je me dirigeai vers la cuisine.

— Je vous prépare un en-cas ?

— Non merci, mais mangez si vous avez faim.

Ce fut à mon tour de froncer les sourcils.

— Est-il bien raisonnable d'être debout ? m'enquis-je.

— J'en ai assez d'être confiné comme dans ce fichu lit. Je me sens inutile.

Ce dernier mot me fit tressaillir, et je m'efforçai de n'y déceler aucune allusion directe à ma personne. Dans l'état d'esprit où je me trouvais, ce fut difficile.

— J'essaie d'aider, marmonnai-je, pitoyable.

Au moins, je lui tournai le dos, et il ne vit pas à quel point j'étais troublée.

— Je sais, soupira-t-il.

À cet instant, j'aurais tout donné pour sentir une caresse, entendre des paroles rassurantes. Au lieu de quoi, il garda le silence et me rejoignit dans la cuisine en boitillant. Je pris une boîte de céréales d'un placard, des œufs dans le réfrigérateur, trouvai de l'huile et des noix avant de me mettre en quête d'une poêle. En vain! La pièce était immense, les placards trop nombreux. Je finis par dénicher sous un plan de travail un plat en verre qui pouvait convenir.

— Permettez que je vous donne un coup de main, proposa en Jeremiah en se rapprochant.

— Inutile, je vais me débrouiller.

— Lucy, je vous en…

— Puisque je vous dis que ce n'est pas la peine!

Ma réplique avait claqué. Honteuse de mon éclat, je me redressai trop vite. Le plat que je tenais heurta le coin du comptoir, m'échappa des mains et éclata en morceaux sur le carrelage.

Je me remis à trembler alors que l'angoisse reprenait de plus bel. Je cherchai un balai et une pelle, mais n'en trouvant nulle part, je me rabattis sur un rouleau d'essuie-tout.

— Excusez-moi, murmurai-je en arrachant quelques feuilles.

— Attention, Lucy, vous êtes pieds nus.

— Il faut bien que je…

— Non! Arrêtez ça! Tout de suite!

Malgré sa faiblesse physique, le ton de Jeremiah était encore celui d'un homme habitué à donner des ordres. Je me figeai sur place, et un sanglot s'échappa de mes lèvres.

— Je n'en peux plus, chuchotai-je.

Un silence accueillit ma déclaration. Je me sentais incapable de regarder Jeremiah, avais juste envie de me rouler en boule dans un coin et de pleurer tout mon soûl. Je cachai mes mains tremblantes dans mon dos et tripotai le papier afin d'évacuer mon stress.

— Vous n'en pouvez plus de quoi? finit-il par demander.

— De ceci, de tout, répondis-je en désignant l'appartement d'un large geste du bras. Vous n'avez pas besoin de moi. Je vous aime tant, et malgré tout…

Je m'interrompis. Mes idées étaient si confuses que je n'étais pas en mesure de les formuler. Comme Jeremiah continuait de se taire, je fis une nouvelle tentative.

— Il faut que je sache où nous en sommes. Vous et moi.

Bon sang! Il m'en avait coûté de prononcer ces paroles. Je déglutis et, comme il ne réagissait toujours pas, enchaînai.

— Bien que le danger se soit éloigné, vous ne me touchez plus. Je suis totalement inutile ici, ça me tue…

Je marquai une pause, au bord des larmes. Haïssant ma faiblesse, je pris le temps de me reprendre.

— Ça me tue d'être auprès de vous et d'ignorer si…

Si nous avons ne serait-ce qu'une chance.

Ma gorge se serra. Inconsciemment, je venais de mettre le doigt sur le cœur du problème.

— C'est compliqué pour moi aussi, vous savez? dit Jeremiah. Vous n'êtes pas la seule à avoir l'impression d'être bonne à rien et prisonnière de la situation. Vous m'abandonneriez dans cet état-là?

La demande me fit tressaillir, et je ressentis une bouffée de honte. Mais la colère l'emporta.

— Si je ne le fais pas maintenant, quand? Quand serait-ce le bon moment? Dans une semaine? Un mois? Suis-je censée patienter en paressant et en profitant de votre richesse jusqu'à ce que vous me jetiez dehors?

— Ce n'est pas ce que vous faites, Lucy!

— Ce n'est pas l'impression que j'ai. Ni celle de votre chère mère, d'ailleurs. Vous bénéficiez de plus de soutien que nécessaire. Je n'ai rien à faire, aucun rôle à jouer dans votre rétablissement. Je passe mon temps à attendre, nous parlons à peine, je ne suis même pas certaine que vous appréciiez ma présence à vos côtés.

Le silence qui salua mes paroles réduisit à néant les ultimes lambeaux d'espoir que je nourrissais encore.

— M'avez-vous pardonné? finis-je par murmurer.

Là encore, son mutisme dura trop longtemps. Je parvins à ne pas le quitter des yeux, guettant une réponse que je connaissais déjà.

— Je n'en sais trop rien, marmonna-t-il au bout d'un long moment.

C'était comme si on lui avait arraché les mots de la bouche, comme s'il avait refusé de les dire à haute voix.

— Je vais nettoyer mes bêtises, puis je partirai, décrétai-je avec un bref hochement de tête.

Le nœud qui comprimait ma poitrine était suffisamment puissant pour endiguer mes émotions. Vidée de la folle énergie qui m'avait animée jusque-là, je ramassai les éclats de verre avec soin et lenteur avant d'essuyer le carrelage. Jeremiah s'éclipsa, mais quand je sortis de la cuisine, je vis qu'il se tenait tout près de la porte.

L'un de nous aurait-il parlé, m'aurait-il prié de ne pas m'en aller, peut-être ma détermination aurait-elle faibli. J'avais conscience d'endosser le mauvais rôle de méchante en le laissant alors qu'il était physiquement diminué, comme si je n'avais pas supporté ses faiblesses, comme si j'avais manqué de caractère. J'étais sûre d'une chose, toutefois : s'il m'avait dit qu'il me pardonnait, je serais restée avec lui pour l'éternité.

Mais Jeremiah n'était pas du genre à mentir, et son silence confirmait l'ampleur de ses incertitudes. Il se détourna de moi dans un mouvement brusque.

— Je vous commande une limousine.

— Jeremiah, dis-je en le retenant par le bras. Je ne relève plus de votre responsabilité. Nous sommes à Manhattan, je suis une grande fille, je trouverai un taxi en bas.

— Où irez-vous ?

— Aucune idée.

Je n'avais en effet pas de plan précis et très peu de solutions dans l'immédiat. Heureusement, grâce à lui, je possédais un compte en banque bien fourni. Tirant de ma poche le téléphone portable qu'il m'avait donné, je le déposai sur la console de l'entrée.

— Gardez-le, lança-t-il alors. S'il vous plaît.

J'hésitai une seconde, obtempérai. La raison me dictait de quitter l'appartement sans regarder derrière moi, mais c'était au-dessus de mes forces. Je revins vers lui, me hissai sur la pointe des pieds et embrassai sa joue. Au dernier moment, il tourna la tête dans ma direction, et nos lèvres. Il prit mon menton en coupe dans le creux de sa main tiède, et des larmes perlèrent sous mes cils. Je ne voulais pas m'écarter, être celle qui romprait le plus tendre échange qu'il m'ait été donné de vivre. Mais comme mus par une décision mutuelle, nous reculâmes chacun de notre côté.

— Au revoir, chuchotai-je.

La tristesse que je lus dans ses yeux était insupportable, et je m'empressai de quitter la pièce. Finalement, ce fut le portier de l'immeuble qui se chargea d'arrêter un taxi. Malgré l'engourdissement de mes jambes qui rendaient chaque pas difficile, je réussis à monter à bord de la voiture et priai le chauffeur de me déposer dans un hôtel en dehors de Manhattan. La circulation était dense, comme toujours, mais le chauffeur comprit vite que je n'étais pas d'humeur à converser, et c'est en silence que nous fîmes le trajet.

Je me laissai glisser dans une torpeur traversée par des pulsations de douleur – ce qui valait mieux qu'un chagrin déchirant. Rassemblant toute ma volonté, je m'appliquai à contempler le paysage. Le chauffeur me conduisit finalement à un bon hôtel de Clifton, dans le New Jersey.

Je montai dans ma chambre, m'allongeai toute habillée sur le lit et sanglotai jusqu'à ce que le sommeil m'emporte.

6

Le premier bouquet fut livré à mon bureau trois mois plus tard.

— On dirait que quelqu'un a un admirateur, plaisanta ma collègue Amanda, alors que je contemplai avec surprise la composition florale.

— Tu es sûre que c'est pour moi?

— C'est ce qu'indique la carte. Allez, crache le morceau : avec qui sors-tu?

Ignorant la question, j'arrachai la petite enveloppe, effectivement libellée à mon nom. À l'intérieur se trouvait un message de cinq mots qui firent s'accélérer les battements de mon cœur.

Je ne vous oublie pas.

— Lucy? Tu as l'air au bord des larmes! Que se passe-t-il? Qu'est-ce que ça dit? Montre!

J'écartai la carte de ses doigts avides et lui adressai un regard moqueur.

— N'es-tu pas censée faire de la lèche aux Canadiens?

— C'était le but de ma visite, justement. Ils sont de Québec et parlent plus français qu'anglais. Je crois qu'ils préféreraient quelqu'un d'autre que moi pour s'occuper d'eux.

— Qui t'a dit que je parlais français?

— Je t'ai vue le mois dernier avec le couple d'Haïtiens. Et puis, j'ai parcouru ton dossier. Tu es même née au Québec! Si ça se trouve, tu as des liens de parenté avec nos Canadiens d'aujourd'hui. Ou, du moins, fais semblant. Genre sœur perdue de vue, un truc comme ça.

— Ce n'est pas ton boulot? répliquai-je en secouant la tête mais avec un sourire.

Amanda Reed apportait son concours à la branche collecte de fonds du réseau des Médecins de l'Espoir et officiait dans mon petit bureau satellite de Brooklyn. Il s'agissait d'une très modeste association caritative, mais elle finançait les activités de mon amie Cherise, dont le mari médecin exerçait à Bornéo. Lorsque je l'avais recontactée en lui expliquant que je cherchais un job, elle m'avait aidé à décrocher un poste au sein de l'organisation. J'avais déjà eu l'occasion de rencontrer le fondateur des Médecins de l'Espoir lors d'un dîner où j'avais réussi à lever des fonds pour le compte de Cherise. Un détail qui avait facilité mon embauche.

Dès mon premier jour, j'avais compris que j'avais trouvé ma voie. J'avais beau être débordée de paperasse au quotidien, je tirais une véritable fierté de mon travail.

— Allez, Lucy! Sois sympa! Ça me rendrait vraiment service.

Amanda me faisait souvent penser à Cherise, boule d'énergie en mouvement permanent qui ne savait pas quand s'arrêter. À peine sortie de l'université, c'était une jeune et jolie rouquine à cheveux courts couverte de taches de rousseur. Elle arborait un éternel sourire, et je n'avais pas tardé à découvrir qu'il était extrêmement difficile de lui résister quand elle s'était mis en tête d'obtenir quelque chose – ce qui représentait un atout considérable pour quelqu'un dont le travail consistait à soutirer de l'argent à des donateurs.

— Bon, d'accord! J'y vais. Mais tu es vraiment pénible!

— Super! Tu me sauves la vie. Merci, merci, merci!

Elle profita de ces effusions pour tenter de regarder par-dessus mon épaule.

— Alors? Qu'est-ce qu'il raconte, ce message? Ce n'est quand même pas un secret d'État, non?

Me contentant de lui adresser un clin d'œil lourd de mystère, je glissai l'enveloppe dans ma poche.

— Oh! s'écria-t-elle en affichant un air dépité. S'il te plaît!

— Tu as quel âge? Dix ans?

— Seulement le vendredi, se réjouit-elle.

Levant les yeux au ciel, j'attrapai ma veste et la suivis.

Par la suite, les fleurs – du gros bouquet à la rose unique – continuèrent d'arriver régulièrement. Amanda n'avait pas renoncé à me harceler pour que je lui confie l'identité de l'expéditeur. Je n'avouai rien. Surtout parce que j'avais peur de nourrir de vains espoirs. Au printemps, la charge de travail augmenta, et ma collègue cessa de jouer les curieuses car elle était souvent en vadrouille pour ses rendez-vous.

De Jeremiah en personne, je n'eus droit à aucun signe en revanche.

Puis, un beau jour, les fleurs furent accompagnées d'un petit paquet.

— Ah! s'écria Amanda, présente pour une fois. L'admirateur secret passe à la vitesse supérieure.

Elle se pencha vers moi en grimaçant.

— Quoi? Une enveloppe à en-tête d'un notaire? C'est un titre de propriété? Franchement, il y a plus sexy, hein?

Le front plissé, j'ouvris l'enveloppe et en tirai une épaisse liasse de papiers. Des Post-it de couleur étaient collés dans les marges. Sur la première page apparaissait une adresse familière qui retint immédiatement mon attention. La pièce se mit à tourner, heureusement, j'étais assise. Curieuse comme une pie, Amanda avait déjà commencé à lire.

— C'est où, ce patelin?

Sous le choc, je plaquai une main sur ma bouche.

— Je récupère ma maison, soufflai-je ensuite.

— Quoi? Ton admirateur secret t'achète une maison?

Je feuilletai les documents. Mon nom apparaissait sur quasiment chaque page, les Post-it indiquaient les endroits où ma signature était requise. L'évaluation du bien me laissa sans voix, et je dus m'agripper à ma table de travail quand je tombai sur des photos de la maison.

— Joli! siffla Amanda. Nom d'un chien! Tu en es vraiment propriétaire, maintenant?

— Qui a apporté ça? demandai-je.

C'était la première fois que je m'inquiétais de savoir qui livrait les fleurs. Amanda haussa les épaules d'un air étonné.

— Aucune idée. Renseigne-toi à la réception ou au courrier. Hé, qu'est-ce qui te prend?

J'avais bondi sur mes pieds et fonçai dans le couloir. Dédaignant l'ascenseur, je dévalai les trois étages jusqu'au rez-de-chaussée. Bien qu'il se soit écoulé plusieurs mois depuis les événements sur le pont, ma cheville restait fragile et se rappelait de temps en temps à mon souvenir. Je ne sais pas trop ce que je cherchais, ce qui ne m'empêcha pas d'être déçue quand, une fois dehors, je ne remarquai rien d'inhabituel. Je scrutai la rue, en quête d'un homme qui aurait eu la stature de Jeremiah. En vain. Ce quartier était assez peu fréquenté, et les rares personnes que j'aperçus ne ressemblaient en rien à mon milliardaire.

Une boule se forma dans ma gorge. Attrapant mon téléphone portable, je le contemplai durant quelques minutes. Il contenait, parmi d'autres contacts, le numéro de l'homme qui aurait été susceptible de répondre à mes questions. Car je ne doutais pas de l'identité de celui qui venait de me racheter la maison de mes parents. Qui d'autre que Jeremiah était au courant, d'ailleurs? Mais pour des raisons connues de lui seul, il avait choisi de rester dans l'ombre. J'envisageai un instant de l'appeler avant de me raviser.

Je conservais ma fierté. Certes, elle avait été plutôt mise à mal quelques mois auparavant, mais j'avais commencé à me ressaisir et à recoller les morceaux. J'avais commis des erreurs, j'en étais consciente, et je regrettais parfois d'avoir abandonné Jeremiah dans son loft de Manhattan. Mais je n'avais aucun moyen de réparer les dégâts, force m'était de vivre avec la conséquence de mes décisions. Frissonnant, je m'emmitouflai dans ma veste et regagnai mon bureau.

Quelques jours plus tard, je trouvai dans ma boîte aux lettres personnelle une invitation à une cérémonie en mémoire de Lucas James Hamilton.

Je fixai longtemps le papier grisâtre avant de le remettre dans son enveloppe et de le déposer doucement sur le plan de travail de ma cuisine. Puis mon regard voilé de larmes balaya l'appartement. Mon salaire couvrait tout juste le loyer, mais le quartier était tranquille. Même sans travail, j'aurais pu rester ici un an grâce à mes économies. Après tirer le diable par la queue durant tant d'années, j'étais rassurée d'avoir des réserves en cas d'urgence.

Le service commémoratif était prévu pour dans quatre jours. J'irais, bien sûr. Je n'avais aucun doute à se sujet. Depuis que j'étais partie de chez Jeremiah, je ne savais rien de la suite des événements. Ni Marie ni ses collègues ne m'avaient contactée, j'ignorais si l'on avait retrouvé le corps de Lucas ou si les recherches avaient été abandonnées.

Je l'apprendrais d'ici peu.

Le temps splendide détonnait avec la triste occasion quand je me rendis sur les lieux. Si Lucas avait été là, il aurait sûrement plaisanté sur les printemps new-yorkais. Et il aurait sans doute préféré ce soleil à la pluie. Mais porter le deuil en cette journée radieuse produisit un étrange effet sur moi.

Comme je m'y attendais, l'accès à la cérémonie était contrôlé, et je dus montrer mon invitation aux gardes postés devant l'entrée du pavillon où était organisé l'événement. Ils consultèrent la tablette sur laquelle devaient être listées les personnes conviées, puis finirent par secouer la tête.

— Nous n'avons pas votre nom, mademoiselle Delacourt.

— Elle est avec moi.

Jeremiah venait d'apparaître sur le seuil, et je respirai profondément tout en l'observant avec avidité. Ses cheveux étaient plus longs, effleurant le col de sa chemise. Il était toujours aussi beau, même si ne m'échappèrent pas les fines ridules d'un rose très pâle qui marquaient son visage, cicatrices indélébiles des horreurs que lui avait infligées Alexander Rush. Il s'appuyait également sur une canne, signe que le chemin du rétablissement était loin d'être terminé.

— Mais elle n'est pas sur la liste, monsieur !

— Voyez ça avec ma très chère mère.

Sur ce, il écarta les hommes, vint à ma rencontre et m'offrit son bras. Je n'hésitai qu'un instant avant de l'accepter et l'accompagnai à l'intérieur.

— Dois-je comprendre que Georgia a retiré mon nom de la liste ? demandai-je.

Je fus fière de constater que ma voix ne tremblait pas.

— Quoi qu'elle dise ou fasse, vous êtes mon invitée et la bienvenue.

Nous traversâmes à pas lent un petit vestibule qui débouchait sur une sorte de paradis. Je ne pus m'empêcher de pousser un cri émerveillé en découvrant un jardin de taille impressionnante, où les arbres et les parterres de fleurs composaient un ensemble harmonieux, parcouru d'allées pavées et ponctuées de pelouses qui auraient été idéales pour accueillir un pique-nique.

— Il s'agit d'une propriété que nous réservons à certains événements privés, m'expliqua Jeremiah. Des mariages et des fêtes, pour l'essentiel. Nous y venions souvent, dans mon enfance, et malgré les efforts de mon père pour tout gâcher, je conserve d'assez bons souvenirs de cet endroit.

— C'est magnifique.

Les arbres étaient en pleine floraison. L'hiver ayant été long, le spectacle était enchanteur.

— Comment allez-vous? finis-je par demander, un peu hésitante.

— Mon état s'améliore, même si ce n'est pas très flagrant au premier abord, maugréa-t-il en brandissant sa canne. Ma mère pense que cet objet n'a pour but que de me donner un air plus sophistiqué et élégant. Vous êtes d'accord?

Sur ce, il reposa la canne à terre, tendit le menton et prit la pause. Je n'en revenais pas d'avoir pareille conversation. Il paraissait beaucoup plus détendu, comme s'il avait été soulagé du poids d'un invisible fardeau.

— Vous avez toujours été sophistiqué, répondis-je. Quant à votre élégance, elle s'apparente plutôt à celle d'un éléphant dans un magasin de porcelaine.

— J'en prends bonne note.

Seule une partie des jardins avait été aménagée pour le service du souvenir et à la réception qui suivrait. Les invités se mélangeaient les uns aux autres avec aisance. N'en connaissant aucun, je fus reconnaissante à Jeremiah d'éviter les divers groupes qui s'étaient formés. À un moment, une femme mince toute vêtue de noire et coiffée d'un chapeau extravagant à délicate voilette surgit à quelques mètres de nous. Malgré la distance, je n'eus aucun mal à reconnaître l'attitude hautaine de Georgia Hamilton. Par bonheur, elle ne s'approcha pas. Je me fichais d'ailleurs complètement de son opinion. J'avais été invitée par son fils, j'étais venue, elle devrait le digérer.

La cérémonie fut brève. Jeremiah fut le premier à s'exprimer, se contentant d'évoquer des souvenirs d'enfance. L'idée me traversa l'esprit de dire quelques mots, mais j'y renonçai en songeant que je n'avais pas connu Lucas suffisamment longtemps pour me permettre de faire son éloge. Mais plus sans doute que certains des auditeurs dans l'assistance.

Dès que ce fut terminé, des gens s'approchèrent de Jeremiah avec la claire intention de s'entretenir avec lui. Il les congédia poliment et m'entraîna à travers l'assistance. Je me souvins de l'accusation portée contre Georgia lors d'une précédente rencontre : elle aurait eu la sale habitude de monnayer des rencontres avec son fils milliardaire. J'espérais qu'elle n'avait pas osé s'abaisser à ce genre de manœuvres en ces tristes circonstances.

En même temps, cette horrible femme était capable de tout.

— On se promène un peu ?

Bras dessus, bras dessous, nous nous éloignâmes de l'assemblée. Un courait au milieu du parc. Alors que nous nous éloignions dans le jardin, des rires d'enfants me parvinrent, de plus en plus nets.

— Le jardin fait partie d'un parc privé bien plus vaste, m'expliqua Jeremiah. Il existe un autre accès que celui par lequel nous sommes arrivés.

Un jogger nous dépassa, suivi par son chien tenu en laisse. L'une des allées donnait sur une aire de jeux, d'où venaient les rires que j'avais entendus. Des promeneurs flânaient, dotant les lieux d'un aspect étonnamment intime.

— Vous ai-je déjà dit quelle femme incroyable vous êtes?

Je déglutis et levai les yeux vers Jeremiah. Ses prunelles vertes me transperçaient comme si j'étais transparente. Je m'éclaircis la voix.

— Non.

Son rire me réchauffa le cœur, et je serrai brièvement son bras.

— Alors, reprit-il, que devenez-vous?

— Je travaille, pour l'essentiel. Et je crois que vous savez où.

— Ah! Ainsi, vous avez bien reçu mes envois?

— Si, par là, vous entendez les fleurs, oui. Elles sont superbes. Je tenais aussi…

Je m'interrompis, me raclai de nouveau la gorge.

— Je ne sais pas comment vous remercier pour le… le plus gros cadeau.

— Rassurez-moi, vous ne comptez pas refuser?

La surprise me fit m'esclaffer.

— Je suis orgueilleuse, certes, mais pas à ce point! Je l'accepterai et me débrouillerai pour apaiser ma conscience. Merci.

J'appuyai ma tête à son épaule.

— Vous voyez quelqu'un?

La question était directe, voire audacieuse. Mais je m'étais plus ou moins attendu à ce qu'il la pose.

— Non. Pas comme vous l'imaginez en tout cas. Je vois une thérapeute une fois par semaine. Elle m'aide beaucoup.

— À faire quoi?

— À gérer mon trouble de stress post-traumatique.

Si cette révélation le surprit, il n'en montra rien. J'évitai de mentionner mes cauchemars ou mes accès de panique, le moment ne s'y prêtait guère. De plus, ils étaient moins fréquents ces derniers temps. Nous avançâmes en silence jusqu'au pied d'un pont pavé, où nous nous arrêtâmes près d'un vieux monsieur qui, assis sur un banc, nourrissait les pigeons et d'un jeune couple qui jouait avec un tout petit sur une couverture.

Jeremiah me lâcha et s'adossa à la palissade.

— Mon frère me manque.

— À moi aussi, admis-je, le cœur serré.

— Il lui arrivait de se comporter comme un vrai con, mais… Savez-vous qu'il me tirait régulièrement des griffes de notre père? Il était doué pour distraire Rufus en racontant n'importe quoi et détourner la colère paternelle sur lui, récoltant les châtiments qui m'étaient destinés.

— Il vous aimait, murmurai-je.

— Je sais. En revanche, j'ignore s'il se doutait que la réciproque était vraie. Et à quel point.

— Je crois que oui.

Lui prenant la main, je tirai dessus gentiment jusqu'à ce qu'il me regarde. Je repoussai une mèche égarée sur son œil, caressai du pouce une cicatrice qui boursouflait très légèrement sa peau. S'emparant de mon poignet, il pressa ma paume à plat sur sa joue.

— Et vous, chuchota-t-il, savez à quel point je vous aime?

Un petit cri m'échappa et, soudain, les larmes me montèrent aux yeux. Le souffle court, je luttai contre les émotions qui menaçaient de m'étouffer et secouai la tête. De son autre main, il prit mon menton en coupe et promena le bout de ses doigts sur ma tempe.

— Oui, je vous aime, ajouta-t-il. Je l'ai compris quand vous avez grimpé sur ce parapet pour sauter. Avant, même.

Il eut un bref sourire.

— Je pense l'avoir réalisé alors que vous étiez cette fille dans l'ascenseur dont les coups d'œil timides me rendaient dingue.

Il essuya une larme qui avait roulé sur ma joue. Me serrant contre lui, il lâcha sa canne, qui tomba à terre. Se penchant sur moi, il embrassa mon front.

— J'ai toujours estimé que les mots n'étaient pas nécessaires, continua-t-il. Trop banals, même. Puisque le sentiment existe, pour quelle raison le nommer? Mais la mort de Lucas m'a appris une chose: il faut parler aux autres pour qu'ils sachent. Alors, Lucy Delacourt, sachez que je suis fou amoureux de vous.

— Pourquoi?

Je me serais collé des claques! Quelle idiote! Dieu soit loué, Jeremiah se contenta de rejeter la tête en arrière et d'éclater de rire. Je le dévisageai en me rendant brusquement compte que je ne l'avais jamais vu aussi heureux. Il se rapprocha de nouveau, me caressa la joue, mais ne m'étreignit pas.

— Parce que vous êtes forte et courageuse, que vous pensez d'abord aux autres. Parce que vous êtes aussi belle à l'intérieur qu'en apparence, que je vous considère comme mon égale et que j'ai été très bête de vous laisser franchir la porte de mon appartement, il y a quelques mois de cela.

— Et Lucas? soufflai-je.

Il secoua la tête.

— Je suis mal placé pour vous jeter la pierre. Comme l'a si bien fait remarquer mon frère, mon comportement à son égard et à celui d'Anya me rend plus que coupable.

Il se tut, passa son pouce sur mon sourcil, et je blottis mon visage au creux de sa main réconfortante.

— Vous méritez qu'on se batte pour vous, et je regrette de ne pas vous avoir retenue alors.

— Alors? murmurai-je. Ça n'a pas été si difficile que ça, non?

Il s'esclaffa une nouvelle fois et m'enlaça. J'enfouis ma tête dans sa veste tout en nouant mes bras autour de sa taille.

— Je vous aime, chuchotai-je.

Il m'étreignit plus fort.

Je sentis une goutte tomber sur ma joue et crus à une larme. Quand une seconde frappa mon front, je relevai la tête. Le ciel s'était brusquement chargé de nuages, et il commençait à pleuvoir. Si le soleil perçait encore çà et là, il n'allait pas tarder à disparaître complètement.

— Souhaitez-vous retourner à la réception? demanda Jeremiah.

D'une main, je jaugeai l'intensité de la pluie.

— Je préférerais rester ici. Mais je regrette de ne pas voir de parapluie. Ça pourrait se transformer en déluge.

— Attendez-moi, je reviens tout de suite.

— Quoi? Avec votre jambe? Non, nous n'avons qu'à…

— Écoutez-moi, Lucy, insista-t-il en me fixant droit dans les yeux. Ça ne me prendra que deux minutes.

Le regard rivé sur ses lèvres, je ne l'écoutai pas, envahie par une faim que je connaissais trop bien. Je collai impulsivement ma bouche à la sienne. Aussitôt, il me répondit, prenant le contrôle du baiser, et je me laissai fondre entre ses bras. J'avais oublié à quel point ses baisers étaient bons. Alternant mordillements et taquineries de la langue, il réussit à enflammer mon corps. Quand nous finîmes par nous séparer, j'avais le souffle court, et pas seulement à cause du baiser.

— Je reviens, murmura-t-il.

Je me dirigeai vers un banc abrité sous un arbre. Celui, où le vieil homme jetait des graines aux pigeons, auxquels s'étaient mêlés quelques moineaux.

— Vous voulez essayer?

Mon voisin avait un fort accent de Nouvelle-Angleterre. Il paraissait correct. Après avoir contemplé son sachet avec incertitude, je finis par hausser les épaules.

— Pourquoi pas?

Il me versa des graines dans la paume et, tour à tour, nous nourrîmes les oiseaux.

— Votre ami me semble être un homme très bien, dit-il au bout d'un moment.

— Je crois qu'il est du genre à s'engager, acquiesçai-je avec un léger sourire. Même si le chemin jusqu'ici n'a pas été facile.

— Les meilleures choses dans la vie le sont rarement. À en juger par le baiser que vous venez d'échanger, je pense qu'il est très amoureux de vous.

Il ponctua sa remarque d'un frémissement de sourcils suggestif qui fit monter le rouge à mes joues, puis consulta sa montre.

— Je dois terminer ma promenade, décréta-t-il en me tendant le sachet. Tenez, ils ont encore faim.

— Merci… commençai-je.

Je m'interrompis brusquement en découvrant les yeux bleu vert qui me contemplaient avec malice. L'espace d'une seconde, j'oubliai de respirer.

— J'ai entendu ce qu'il vous a dit, poursuivit l'homme, tandis que je m'efforçai de reprendre mes esprits. Je parie que son frère aurait adoré l'entendre de ses propres oreilles.

Il se lécha l'index et le tendit, comme pour tester le vent. La pluie choisit ce moment pour tomber plus dru. Elle se mit à dégouliner sur ma tête et mon visage, mais j'étais trop ébahie pour réagir et rompre le silence. Mon interlocuteur me sourit, dévoilant deux rangées de dents d'une blancheur éblouissante.

— Voilà qui convient mieux à un enterrement, commenta-t-il. S'il fait trop beau, les morts risquent de sortir de leur tombe, histoire de profiter du soleil.

Il se leva et s'étira. De mon côté, j'étais toujours aussi abasourdie.

— Ravi de vous avoir rencontré, mam'zelle, me lança-t-il avec un clin d'œil. On se reverra peut-être un de ces jours?

Il commença à s'éloigner. M'arrachant à ma stupéfaction, je bondis sur mes pieds.

— Attendez! Jeremiah voudrait…

— C'est un homme bon qui vous adore, répondit le vieux monsieur en suivant des yeux la direction par laquelle le milliardaire venait de s'éclipser. Prenez soin de mon frère, et dites-lui…

Il s'interrompit, réfléchit, puis termina en souriant:

— De se retirer le balai qu'il a dans le derrière !

— J'ai l'impression qu'il a commencé à faire des progrès en la matière, répondis-je. Vous seriez fier de lui.

À mon tour, j'étais tout sourire, au point d'avoir mal aux joues.

— Je le suis déjà. Prenez bien soin de vous, Lucy.

Il se redressa, se secoua puis, soudain, ses épaules s'affaissèrent, et il reprit l'allure de n'importe quel vieil homme en cardigan et pantalon de golf. Sifflotant une mélodie joyeuse, il s'éloigna sur le pont et disparut derrière un bosquet.

Je me rassis sur le banc et, aux anges, me remis à nourrir les pigeons. Peu après, Jeremiah apparut au détour d'un virage, le parapluie déjà ouvert au-dessus de sa tête. Il s'approcha et m'abrita.

— Vous avez l'air bien heureux, commenta-t-il avant d'examiner le sachet sur mes genoux. Des graines ?

— Si je vous racontais, vous ne me croiriez pas.

Plongeant de nouveau la main dans le sachet, je sentis tout un coup un objet dur au milieu des graines et l'en sortis. C'était une chevalière à l'anneau épais surmontée d'une grosse pierre noire. À l'intérieur étaient gravés des mots que le temps avait effacés.

— Qu'est-ce que… Montrez-moi ça ?

Je remis le bijou à Jeremiah, qui l'étudia de près.

— *Audentes fortuna juvat*, déchiffra-t-il. Le vieil homme ?

J'opinai, et il regarda partout alentour. Lorsqu'il fit mine de se lever, je le retins par la manche.

— Vous ne le trouverez pas, lui annonçai-je.

Jeremiah serra les poings.

— Pourquoi ne m'a-t-il pas averti?

— Il vient juste de le faire, le corrigeai-je, en continuant de tirer sur sa veste jusqu'à ce qu'il daigne baisser les yeux sur moi. Il a aussi entendu tout ce que vous m'avez dit.

Durant un instant, je crus qu'il allait s'entêter à courir à la recherche de Lucas, mais il finit par se rasseoir à côté de moi. Ses doigts jouaient avec la bague, que je contemplai avec curiosité.

— À qui appartenait-elle?

— À notre grand-père. Elle a disparu à peu près en même temps que Lucas. Il y est écrit en latin que la fortune sourit aux audacieux.

Il se tut, observa la chevalière plus longtemps puis me jeta un coup d'œil.

— Il a vraiment tout entendu? s'enquit-il.

Quand je hochai la tête, un sourire perplexe étira ses lèvres.

— Tant mieux, commenta-t-il en enfilant la bague. On continue la balade?

Il se releva et me tendit la main. Posant la mienne dans sa poigne ferme et rassurante, je me levai à mon tour et me penchai vers lui. Je posai la tête sur son épaule et nos doigts s'entrelacèrent. La pluie martelait la fine toile du parapluie, les gens alentour se dépêchaient de se mettre à l'abri de l'averse printanière. Nous déambulâmes le long des allées, heureux de l'instant partagé, indifférents à ce que le ciel nous déversait sur la tête.

épilogue

— Vais-je enfin savoir qui est ton mystérieux admirateur ? Omondieu ! Puis-je me permettre de répéter pour la énième fois à quel point tu es *fabuleuse*, dans cette robe ?

— Alors, merci encore pour le compliment ! répliquai-je, amusée par l'exubérance d'Amanda. Et non, je te réserve la surprise pour tout à l'heure.

— Méchante fille ! T'ai-je dit qui devait venir, d'après les rumeurs ? Devine un peu ! Beau, riche, puissant et à croquer ! Sa présence sera *mon plat de résistance*[1] !

— Jeremiah Hamilton.

— Flûte ! Je voulais garder ça pour moi. Ça a dû m'échapper. Sauf que je ne me souviens pas t'en avoir parlé… Tu as vraiment trouvé toute seule ? Si oui, t'es drôlement fortiche !

— Combien de cafés as-tu bu aujourd'hui, Amanda ?

— Une quinzaine. Pourquoi ?

Les invités commençaient à arriver, et je me dévissai le coup pour jeter un coup d'œil à la salle de réception. Amanda et ses collaborateurs s'étaient démenés, réussissant à obtenir la présence de célébrités sur notre tapis rouge. Les journalistes grouillaient, couvrant l'événement caritatif

1. En français dans le texte.

sous tous les angles. Pas de doute, nous ferions la une des journaux et des sites people dès le lendemain matin, ce qui serait une bonne publicité pour notre modeste organisation. Je n'aurais pu être plus fière d'avoir en partie organisé la soirée.

— Omondieu ! Cher est là ! Et là-bas, c'est Joan Rivers en train d'interviewer des gens ! Et là… Nom de Dieu ! C'est *lui* ! Le grand brun sexy à douze heures. À douze heures !

Je suivis des yeux la direction indiquée par son doigt. *Très sexy en effet.* Jeremiah sortait de sa limousine. Indifférent aux photographes, il grimpa les marches menant à la réception. À côté de moi, Amanda trépignait littéralement, alors que je ne pouvais qu'admirer l'homme que j'aimais avancer vers moi. Tout vêtu de noir, il se déplaçait avec une nonchalance nouvelle. Avec ses cheveux plus longs et savamment décoiffés, il n'avait plus grand-chose en commun avec l'homme à l'allure raide que j'avais connu autrefois.

— Il nous regarde ! Oh, je sens que je vais mourir s'il nous adresse la parole !

Lorsqu'il s'arrêta en face de nous, je crus entendre une espèce de couinement sortir de la gorge d'Amanda. Mais Jeremiah n'avait d'yeux que pour moi. Après m'avoir détaillée de la tête aux pieds, il afficha un sourire de prédateur.

— On en mangerait, déclara-t-il.

Je dus serrer les poings pour me retenir de passer la main dans sa tignasse.

— Vous êtes tout aussi époustouflant, répondis-je, sincère.

Il m'offrit son bras, que j'acceptai sans jeter un regard à Amanda, et lui emboîtai le pas. Dans les parages immédiats, les appareils photos se mirent aussitôt à flasher à tout va, et je tentai de les ignorer tout en me concentrant sur démarche, mes talons hauts menaçant de me faire trébucher.

— Omondieu ! Je suis *jalouse* !

Je retins un rire lorsque le commentaire presque crié d'Amanda flotta jusqu'à moi. Je n'avais pas fini d'entendre parler de ça au bureau.

La vaste salle de bal de l'hôtel était pleine à craquer. Les serveurs en smoking circulaient au milieu de la foule avec des plateaux de canapés et veillaient à remplir les verres de vin et les flûtes de champagne. Quelques couples dansaient déjà sur la piste de danse, mais la plupart des invités étaient assis autour des tables qui y avaient été installées.

Jeremiah m'entraînait dans la cohue, une main possessive plaquée sur mes reins. Ignorant ses intentions, je fus ravie quand il m'enlaça sur la piste et entreprit de me faire tourner entre ses bras. Après deux pirouettes, je me collai à son torse afin de respirer son parfum. *Mon Dieu, qu'est-ce qu'il sent bon !*

— Vous avez choisi une robe différente de celle que je vous ai envoyée, souffla-t-il à mon oreille, son haleine tiède déclenchant mes frissons. Vous avez eu entièrement raison.

— Je n'ai pas à vous demander votre permission pour choisir ce que je porte, répliquai-je avec hauteur mais en m'efforçant de cacher à quel point le compliment m'enchantait. Et puis cette robe coûtait dix fois moins cher et n'a rien à envier à la haute couture.

— Puisque je vous dis que j'approuve.

L'orchestre entama un air plus lent, et il m'attira contre lui. Quand je sentis une protubérance appuyer sur mon ventre, je haussai les sourcils.

— Franchement ! ris-je. Maintenant ?

Sans répondre, il m'entraîna sur la piste, tandis que je débattais entre l'agacement et le désir qui enflammait mon corps, accentué par l'éclat avide qui luisait dans les prunelles vertes de mon cavalier. Je dus lutter pour garder le contrôle. Nous étions convenus de ne rien précipiter, de nous contenter de rencontres autour d'un café ou d'un dîner sans autre chose qu'un simple baiser avant de nous séparer.

Bon, j'avoue. Un soir, il y avait eu un peu plus à l'arrière de sa limousine.

Sauf que, ce soir, Jeremiah semblait prêt à jeter aux orties toutes nos sages résolutions.

La balle était dans mon camp.

La décision ne serait pas très difficile à prendre.

Trop heureuse de le tenir dans mes bras, je me fichais du reste. La musique cessa, et il m'attira hors de la piste, vers le couloir où se trouvaient les ascenseurs. Étouffant un rire, je le regardai appuyer sur le bouton d'appel.

— Décidément, plaisantai-je, c'est une obsession.

Il me plaqua fermement contre les portes métalliques, m'arrachant un petit cri de surprise.

— Que voulez-vous ? Je suis un homme d'habitudes.

Se penchant sur moi, il captura mes lèvres et, sous l'assaut, je poussai un soupir ravi. Je renversai la tête en arrière, crochetai mes mains autour de sa nuque, me frottai à lui.

— Petite coquine, murmura-t-il, cependant que ses larges mains caressaient mes fesses. Vous ne portez pas de culotte.

— Est-ce que je gagne des points pour m'être préparée?

Dans mon dos, un tintement carillonna, et les portes coulissèrent. Je m'agrippai à Jeremiah qui me poussa à l'intérieur de la cabine. Secoué par un rire silencieux, il me souleva de terre et me colla contre la paroi du fond. Je poussai un nouveau soupir quand sa hampe durcie vint taquiner mon entrejambe.

— Que comptez-vous me donner? murmura-t-il en roulant du bassin. Votre corps? Votre âme?

Sa bouche picorait la peau délicate de mon cou.

— Tout ce que vous voudrez, soufflai-je.

J'enfonçai mes ongles dans ses épaules. Je sentis son érection s'insérer entre nous, gémis bruyamment quand son gland effleura mon sexe humide.

— Me donnerez-vous votre amour?

— À jamais!

Je pris son visage entre mes mains et l'approchai du mien afin d'embrasser sa bouche. Le besoin et le désir que je lus dans ses yeux attisèrent le feu qui me dévorait le ventre, mais ce fut la tendresse que j'y vis aussi qui fit fondre mon cœur.

— Je vous aime, répéta-t-il.

Il me pénétra au même moment et je gémis de plaisir. Mon regard vrillé au sien, un vague sourire aux lèvres, je me mis à rouler des hanches, et il grogna.

— Et vous, murmurai-je, que comptez-vous me donner?

— Tout ce que vous voudrez, gronda-t-il.

— Je ne veux que votre amour, soufflai-je dans un nouveau baiser.

— Alors, sachez que vous l'avez, répondit-il, sa langue jouant avec la mienne. Pour toujours.

Mon amour.

chapitre additionnel

Merde, je suis foutu.

Une main molle plaquée contre son ventre, il reposa la tête sur les pavés. Rush, ses menaces et ses ultimatums étaient des sons inintelligibles désormais. Une léthargie s'empara du corps de Lucas, il pouvait à peine garder les yeux ouverts.

Attirer l'attention de Rush n'avait pas été compliqué ; la garder, en revanche... S'il avait été lui-même, Lucas aurait sans doute réussi à le faire parler jusqu'au lever du soleil. Mais là, il souffrait tant qu'il avait du mal à réfléchir, et plus encore garder la maîtrise de la conversation...

Non loin de lui, Jeremiah gisait, recroquevillé. Il bougeait à peine. Lucas ne se souvenait pas de l'avoir jamais vu en aussi piteux état. D'ordinaire, son ancien militaire de frère n'aurait pas supporté sans réagir le genre de menaces qui venaient d'être proférées. Il avait dû encaisser de sacrés coups.

Lucas entendit Rush parler de nouveau et tenta de revenir à l'instant présent. Il ne distingua que la réponse de Lucy.

— Moi. C'est moi qui dois mourir.

Moi qui quoi? Qu'est-ce qu'elle racontait? Quelque chose lui avait échappé, sans doute. Serrant les dents, Lucas se redressa et s'exhorta à se concentrer sur ce qui se passait. Il vit Rush hausser les épaules.

— D'accord, lâcha-t-il. Allez-y. Jetez-vous par-dessus le parapet.

Ces mots tirèrent Lucas de sa torpeur. Non! Il regarda Lucy, qui scrutait la rivière, en bas.

— Me jurez-vous de les laisser tranquilles si j'obéis? demanda-t-elle, d'une tremblante.

— Non! rétorqua Rush sur un ton très satisfait. Mais vous avez été convaincante.

Lucas voulut se relever. Mais l'un de ses pieds dérapa sur les pavés glissants et il n'entendit pas ce que répondait la jeune femme. La chaîne qui entravait sa cheville tinta. Il se souvint soudain d'avoir proposé à Lucy de la libérer de ses menottes – l'événement paraissait dater d'un siècle. Il avait encore son épingle magique dissimulée dans sa chaussette. Veillant à ne faire aucun bruit, il tira la fine tige métallique de sa cachette et s'attaqua à l'anneau de sa cheville, sans perdre une miette de la scène qui se déroulait à côté de lui.

— Vous n'obtiendrez aucune garantie de moi, disait Rush,, sinon celle que je vous liquiderai tous les trois ici et maintenant si vous ne vous décidez pas.

Lucy attrapa sa chaîne et se mit à boitiller en direction du muret. Ce ne fut qu'alors que Jeremiah réagit et essaya de ramper vers elle.

— Lucy…

Le prénom résonnait d'une note poignante si douloureuse que Lucas en eut le cœur serré. Il reconnut la voix d'un frère plus jeune qu'il s'était promis de toujours défendre. Elle l'émut autant qu'elle l'avait fait dans leur enfance. Stimulé par le désespoir et le besoin de secourir Jeremiah, il sentit l'adrénaline faire couler un nouveau un flot d'énergie dans ses veines. Un cliquetis. Sa jambe était enfin libre. Rush commençait à s'énerver.

— Vous avez besoin d'un peu d'aide… ?

— POLICE ! ON NE BOUGE PLUS !

La lumière de projecteurs jaillit, et Lucas se protégea les yeux d'une main tout en s'efforçant de distinguer ce qui se passait. Rush tourna la tête à droite et à gauche, puis il marmonna :

— Ça m'étonnerait.

Deux explosions se produisirent de part et d'autre du pont, qui oscilla. Debout sur le parapet, Lucy vacillait dangereusement. Battant des bras, elle tituba avant de s'effondrer en arrière et d'atterrir durement sur les pavés. Rush la regarda brièvement puis, d'un coup bien ajusté, expédia par-dessus bord le bloc attaché à Jeremiah.

— Putain !

Le cri de Lucas se perdit dans celui de souffrance rauque que poussa son frère, qui fut soulevé du sol et par-dessus sur le parapet. Lucy hurla à son tour, dans un mélange de terreur et de défi, et elle se précipita sur Jeremiah. Mais Rush s'approcha d'eux et Lucas comprit qu'ils n'allaient pas s'en sortir.

Oubliant sa douleur, il se mit debout en s'appuyant sur le muret dans son dos. De l'autre côté du pont, Rush s'agenouillait près de la jeune femme et lui parlait :

— Vous aviez raison. Votre mort les atteindra plus que tout.

Il pointa son pistolet sur Lucy, arma le chien. Lucas avança sans plus se donner la peine d'étouffer le bruit. Le boulet et la chaîne cliquetèrent. Rush avait visiblement oublié sa présence, car il parvint à traverser le pont en quelques enjambées, traînant dans sa main la chaîne et le boulet à son extrémité. Ce ne fut qu'au tout dernier moment que le bâtard de Rufus Hamilton se retourna.

Lucas le percuta avec toute la force dont il était capable. Son attaque n'avait été ni préméditée ni planifiée. Il avait seulement obéi à un instinct primitif qui lui dictait d'attaquer. Emporté par son élan, il se retrouva au-dessus de Rush qu'il coinça contre le parapet.

Une douleur fulgurante traversa son ventre alors qu'un coup de feu éclatait, mais elle se fondit dans celle, plus générale, qui l'accablait depuis qu'il avait été blessé au cottage, et ne brisa en rien sa concentration. Dans un ultime effort, il réussit à lancer le boulet – qu'il n'avait pas lâché et qui lui semblait plus lourd maintenant – sur le mur.

Rush tira une seconde fois, et une sorte d'immense lassitude envahit Lucas, transformant son corps en masse de plomb. Garder sa prise sur son adversaire se révéla de plus en plus difficile. Le temps parut ralentir, son regard se posa sur le boulet qui, tout au bord du parapet, menaçait de basculer à tout instant. Ce fut un mouvement de Rush qui le précipita dans le vide.

La chaîne se tendit brusquement, lui donnant l'élan nécessaire pour reprendre le dessus. Il serra plus fort la taille de son adversaire, l'attrapa par la ceinture avec son autre main et laissa le poids les emporter tous les deux. Très vite, il n'y eut plus que les cris de rage de Rush d'un côté, le sifflement de la chute de l'autre.

Les yeux fermés, Lucas attendit de percuter la surface de la rivière. Ce fut un moment d'apesanteur absolu avant que les eaux de la Tamise les engloutissent et lui coupent le souffle.

Sous la violence de l'impact, Rush fut arraché à son étreinte, mais Lucas parvint à garder les doigts noués autour de sa ceinture. Le poids les entraînait vers le fond vaseux. À deux reprises, un pied vint frapper son épaule, mais il sentit à peine les coups. L'eau était glaciale, l'enveloppant d'un engourdissement bienvenu. Il allait être facile de laisser la gravité faire son œuvre. Il leva la tête, aperçut une lueur trouble qui s'estompait au fur et à mesure que l'obscurité les avalait. Il se demanda si c'était à cela que ressemblait la mort.

Tout à coup, on le frappa, comme pour le ramener à la réalité. Son cerveau reptilien, celui qui ne souhaite nullement mourir, réagit. Lorsque Rush tenta de cogner à nouveau, il bloqua sa main et referma sur son poignet l'entrave reliée au boulet – qu'il n'avait jamais lâchée – avant de le repousser. S'il n'y voyait rien, il sentit que Rush s'éloignait de lui en battant des bras. Des doigts agrippèrent son pied, mais sa chaussure se détacha, et l'homme disparut, aspiré par les fonds obscurs.

Il se retrouva seul. Et libre de ses mouvements. Sauf qu'il était si difficile de bouger.

Il était perdu, ne distinguait plus le haut du bas. Il renonça à chercher, à lutter. Ses poumons le brûlaient, il ne lui restait plus qu'une toute petite réserve d'oxygène. Soudain, il sentit son dos crever la surface de l'eau. Il eut le réflexe de se retourner, ouvrit la bouche et aspira de longues goulées d'air.

Ça y est. *Pour le coup, je suis vraiment foutu.*

Il ouvrit les paupières, contempla le brouillard qui voilait le ciel en train de virer au bleu avec le lever du soleil. Un petit sourire étira ses lèvres, puis un second.

C'est donc ainsi que je vais mourir?

Son crâne heurta quelque chose.

Le choc le tira de sa rêverie léthargique. Il s'attendit à découvrir une branche, mais découvrit le rebord d'une rampe pour bateau vers laquelle le courant l'avait poussé. Il cligna des yeux, réfléchissant pour tenter de comprendre, y renonça assez vite cependant. Il roula sur lui-même jusqu'à ce qu'il sente des pavés sous ses mains et ses pieds.

La rampe n'était pas très pentue mais, de là où il était et dans son état, elle lui parut interminable.

Putain! Je vais déguster!

C'était peu dire. Sans l'eau pour le soutenir, la gravité le piégeait, lui rappelant qu'il agonisait. Un processus plutôt douloureux. Il aurait été tellement plus aisé d'abandonner le combat. Pourtant, il se surprit à ramper sur les mains et les genoux, remontant petit à petit jusqu'à la route en aplomb.

— Nom de Dieu! Ça va?

Une joggeuse s'accroupit près de lui, les yeux écarquillés de stupéfaction. Lucas voulut parler, mais ses dernières forces l'avaient entièrement déserté, et il ne parvint à émettre que quelques grognements. Renonçant aux mots, il mima un téléphone de la main. La femme lui tendit aussitôt son portable.

Trois ans sans changer de numéro, c'était long, de nos jours. Surtout dans le domaine où il exerçait. Toutefois, Lucas connaissait une personne – une seule – qui risquait d'être dans les parages et en qui il pouvait avoir une entière confiance. Quoi que… Était-ce encore vrai aujourd'hui? C'était la question à un million de dollars. Mais comme la seule autre option était la mort, il tenta sa chance.

Il fut surpris d'obtenir une tonalité, encore plus lorsqu'une voix familière répondit en à peine une seconde.

— Agent Anderson.

— Salut, beauté! réussit-il à souffler.

Il était tellement hors d'haleine qu'il avait l'impression de parler dans l'eau.

— J'en ai assez de jouer les difficiles, enchaîna-t-il. Et si nous rattrapions le temps perdu?

Il y eut un silence, puis:

— Lucas?

— Je mourais d'envie de vous revoir, blagua-t-il.

Épuisé, il laissa retomber sa tête sur le sol et contempla le ciel. La joggeuse l'observait. Il la voyait à l'envers, ce qui l'amusa un peu.

— Ou alors, reprit-il, je meurs, tout bêtement.

— Où êtes-vous?

Lucas sourit quand il répondit:

— Quel genre d'agent secret seriez-vouss si je devais vous mâcher le boulot? Vous trouverez bien.

note de l'auteur

Il n'y a rien de comparable à la publication de sa première œuvre, qu'il s'agisse d'une édition traditionnelle ou d'une autodiffusion en ligne.

Lorsque j'ai écrit la modeste histoire intitulée *Tout ce qu'il voudra*, je n'osais imaginer qu'elle connaîtrait le succès ni qu'elle rencontrerait un lectorat aussi nombreux et varié. J'aimerais tirer mon chapeau à mes éditrices Delta et Lili Booth ; à Addy Cooper, à qui je dois mes géniales couvertures ; à Lauren Murray, qui a su me calmer lors de la rédaction des scènes particulièrement difficiles ; aux Sirènes, pour leur indéfectible soutien. Mais c'est vous, chères lectrices, qui resterez à jamais dans mon cœur. Je vous adore toutes sans exception, c'est vous qui avez rendu cette aventure possible et m'avez permis de goûter aux infinies délices d'un plein-temps dans le domaine que j'aime par-dessus tout.

Aussi, à ceux qui m'ont encouragée dès le début comme à ceux qui viennent de découvrir ce petit récit addictif, merci ! Parce que, franchement ? Vous êtes gé-niaux !

Est-ce ici que l'histoire s'achève ? N'entendrons-nous plus parler de Jeremiah, de Lucas et de leurs péripéties ? Ma foi, il vous appartient de le décider dans les mois à venir. Croyez-moi, j'écoute attentivement ce que me dit mon lectorat. À plus !

tout ce qu'il voudra
disponibles en librairie

épisode 1

épisode 2
tous les coups sont permis

épisode 3
en amour comme à la guerre

épisode 4
dommages collatéraux

épisode 5
trahison

tout ce qu'il voudra
l'intégrale
Ce volume reprend les épisodes 1 à 5

épisode 6
naufragée, 1re partie

épisode 7
naufragée, 2e partie

épisode 8
naufragée, 3e partie

épisode 9
naufragée, 4e partie

Imprimé en Allemagne par GGP Media GmbH
ISBN : 978-2-501-09280-7
4144143/01
dépôt légal : janvier 2014